本書は下記の諸機関・組織の企画および協力を得て出版されました。

企画：アンスティチュ・フランセ日本（旧東京日仏学院）
協力：アンスティチュ・フランセ パリ本部
SACD（劇作家・演劇音楽家協会）

Cette collection *Théâtre contemporain de langue française* est le fruit d'une collaboration
avec l'Institut français du Japon, sous la direction éditoriale
de l'Association franco-japonaise de théâtre et de l'IFJ

Collection publiée grâce à l'aide de l'Institut français et de la SACD
本書はアンスティチュ・フランセ パリ本部の出版助成プログラムを受けています。
Cet ouvrage a bénéficié du soutien des Programmes d'aide à la publication de l'Institut français

目次

紅の起源

ニンフ（その液体を注ぎながら）　イリ・クイー・ルーケム・レティーネント、ウット・アガーテスー――イリ・クイー・ラックテム・レティーネント、ウット・マミーラ〔原文はラテン語。後続は翻訳〕……光をせきとめるもの、たとえば瑪瑙。乳をせきとめるもの、たとえば乳房。

福音伝道者　昼にヨル妨げなり。次々に登場する、プルガトリウス、プルガトリウス・ケラトップス、プルガトリウス・ウニオ、プレシアダピス・トリクスピデンス、プレシアダピス・クーッケイ、アダピス・マグヌス、アダピス・パリジェンシス、アピディウム・フィロメンセ、アピディウム・ムスタファイ、パラピテクス・グランゲリ、オリゴピテクス・サヴァゲイ、エロピテクス・キロバテス、エジプトピテクス・ズーックシス、リムノピテクス・ラゲテット、リムノピテクス・マキネッシ、プロプリオピテクス・ヘッケリ、プリオピテクス・アンティクース、プリオピテクス・ピベテアウィ、ヘラドピテクス・セミエレクトゥス、ウラノピテクス・マケドニエンシス、ドリオピテクス・フォンターニ、ドリオピテクス・インディクス、ドリオピテクス・ライエタヌス、ドリオピテクス・レナヌス、ドリオピテクス・シヴァレンシス、プロコンスル・アフリカヌス、プロコンスル・マジョール、プロコンスル・ニャンジェ、ギガントピテクス・ビラスプレンシス、ギガントピテクス・ブラッキ、ピテカントロプス・ロブストゥス、ピテカントロプス・アラルス、アトラントロプス・マウレタニクス、ホモ・プレ＝エレックトゥス、ホモ・エレックトゥス、ホモ・エレックトゥス・ドゥビウス、ホモ・エレックトゥス・エレックトゥス、ホモ・エレックトゥス・ハイデルベルゲンシス、プロトアントロプス、パレオアントロプス、ホモ・エレックトゥス・ランティアネンシス、ホモ・エレックトゥス・モジョケルテンシス、ホモ・エレックトゥス・ンガンドンゲンシス、ホモ・エレックトゥス・オフィキナリス、ホモ・エレックトゥス・パレオフンガリクス、シナントロプス・ペキネンシス、ホモ・エレックトゥス・トタヴェレンシス、ホモ・プレ＝サピエンス、ホモ・サピエンス・アフェル、ホモ・サピエンス・アニエンシス、ホモ・サピエンス・カペンシス、ホモ・サピエンス・シャニダレンシス、ホモ・サピエンス・ソレンシス、ホモ・サピエンス・シュタインハイメンシス、ホモ・サピエンス・ロデシエンシス、ホモ・サピエンス・ネアンデルタレンシス、ホモ・サピエンス*。

人類破壊者　われあらず。

福音伝道者　静かに！　絵でも描きなさい！

人類破壊者　広がりを満たすために、自然は際限なくその原初の結合のひとつひとつを複製するであろう。常に、至る所で、同じドラマが、同じ装置で、同じ狭い舞台の上で行われる。世界は絶えることなく反復され、ひとつところで足踏みをする。空間は分離可能であり、分割可能であり、両性に分類される。それ自体とは異なるものに分かれることもできる。しかしその下には何があろうか？

福音伝道者　絵でも描きなさい！

人類破壊者

『光明の収穫』。ルイは描く、『速度のロザリオ』、『巡礼者のトランジット』、『雷鳴の征服』、く意味不明な裸夫たち』。ルイは描く、『御身は血にまみれ給う』。ルイは描く、『神々し『つれづれなるままに行かん』。ルイは描く、『見捨てられた者らの領地』。ルイは描く、イは描く、『死を招く紐』。ルイは描く、『霊気圧タイヤのニンフたち』。ルモのジャム』。ルイは描く、『月のコンマたち』。ルイは描く、『罪モは描く、『真っ赤に染まった脚をもつギロチン女』。ルイは描く、『ソビエト症状、隔離病室の小鳥ちゃんたち』。ルイえ』。ルイは描く、『場面は人間競技場である』。ルイは描く、『涙を摘みたまつの袋ありき』。ルイは描く、『愛しき人よ、おいらたちこの冬ねぐらがあるのかね?』。ルイは描く、『罪によって完結する思考を』。ルイは描く、『三つの存在と三らわたでペコペコする』、『腐り果て、彼らの肉体は灰燼に帰すだろう』。ルイは描く、『ペコペコのは描く、『閉じこめられた悦び』。ルイは描く、『我らに残るのは肉体と衣のみ』。ルイは描く、『イデアと戸とイデアと戸と実在』。ルイは描く、『ほらこちらです発言機』。ルイは描く、『裸夫の痛み、霊気圧タイヤの時代』。ルイは描く、『世捨て人の不十分二人弟子』。ルイは描く、『空中振り子夫婦』。ルイは描く、『血色葡萄

＊人間の祖先を purgatorius という最古のものから現在の homo sapiens sapiens まで、ラテン語の学名で順に並べている。古典ラテン語とは異なり、学名はさまざまな言語から成り立つ地名や人名などを含んでいるので、本格的なものでもしばしば冗談のように見える。

の収穫、十字架形の元素』。ルイは描く、『残酷な乙女たち』。ルイは描く、『王子と歩行者』。ルイは描く、『撃て！』。

1　見晴らし台

対主体　ここから何が見える？

ニヒル爺さん　市町村住民、都会損害住民、そして不幸な人々ばかりじゃ。ガタガタ音を立てて走りながら、あたふたと飯を食ったり、排気ガスをまき散らしたり。

対主体　しかしね、その間、ライバルのサルタナドルフ人は、一緒になって何をしているのか？

ニヒル爺さん　大慌てて起きちまって、車体を洗って、自分たちに混合物を飲ませちまう。駐車するとしたら、スーパー・凄いマーケットで食料の買い出しを済ませちゃって、各々をすっかりすっきりしちゃったら――余分に入れたものを多分ゲロしたろうしな――無いものの残りをなかのなかに詰め込んじまって、自分たちも一緒にぎゅうぎゅう詰めになって、順番っコに急発進し、今度はハイパー・デカ・マーケットの方に向かって用を足しに行っちまうのじゃ。

対主体　しかしね、一緒になって何をしているのか、あの人たちは、移動主義*のアルフォール人にせよ、ディアンドルフ人にせよ、ポン・サン・マクサンス人にせよ？　棺にいる間は何をしている？

ニヒル爺さん　反対車線を走ってくる金銭土星中毒人とすれ違うのじゃ。がたがた音を立てて走りながら、あたふたと飯を食ったり、排気ガスをまき散らしたり。

対主体　棺はちゃんと目張りをしてもらっているのか？

ニヒル爺さん　目張りはしているさ、天文学的な量の綿だの、星模様のダマスク織りだの、色々と使ってね。人生をちゃんとキルティングにしているのさ。

対主体　ではあの人たちに食べものを提供して、何でもかんでも売りつけてやろう。

2　父母《ちちはは》の泉のほとりで

汎神《パンテア》　この場所は「破滅の泉」と呼びならわされています。破滅の泉はこれですよ。

窓越しの女　母乳が流れ出てしまった泉のことなの、これ？

汎神　母乳ではなく、血潮なのよ。

窓越しの女　パパの乳が流れ出てしまった泉なの？

汎神　違いますね。

窓越しの女　父と母の子種は父と母のお腹のなかのなかを通って流れていったというんですけど、

＊さまざまな語源（場合によっては完全な造語）から作られた地名の形容詞。その場所の住民か、そこで生まれた宗派、思想の運動などを連想させる。

やはり、その子種から生み出されてしまったのが私たちなのね。
汎神　彼らが産み落としたのは、悩ましい私たちの日々だわ。
窓越しの女　それでも私たちは悦びを感じているじゃないですか、なぜでしょうね？
汎神　理由などないのよ。
窓越しの女　でも私たちの私たちを生み出したものたちはどこにいるの？
汎神　私たちを生み出したものたちっていうのは、私たちの名前よ。
窓越しの女　私たちを生み出したものたちのお名前を教えてちょうだい！
汎神　ダメよ。けどね、その名前の名前はこういうことなの。まずアントロポデュール*がいて、そして人間を承認した人間、そしてアントロポティアンドル、そして自分自身そっくり男、そしてデスム（ラテン語で、「私は欠如している」）という名のダンサー、そして自分自身を承認した男、そして堂々巡りの女、そして出口なき子、そして離婚毒殺殺人者《りこんどくさつさつじんしゃ》の女房、そして窓越しの男。
窓越しの女　語り尽くされた言葉を発してください！「万有世界」の掟を教えてください！
汎神　万有世界の掟はこういうことですよ。上なるものは地の底なり。お上《かみ》は下《しも》に倒れ替わる。人間というのは上の下のところに置くべし。その頭《あたま》をさかさまにせよ。
窓越しの女　物体の赤みが萌え出てきた。私たちの、母なるもとの名前が、「ツレサッテクレ」なんだもん。
汎神　そなたの名前は？
窓越しの女　名前なんてありませんよ。名前なしジャンです。ヨハーネス・シネ・ノーミネ。

汎神　そなたは両親の罪なきジャンなのね。

＊ギリシャ語のアントロポス（ἄνθρωπος 人間）とドゥーロス、δοῦλος「奴隷」や、アンドロス ἀνδρός「男の」、さらに意味も関係もない余計な音節を加えて作った造語で、ヒト科の架空の動物を表す。以後もこの種の造語が頻出する。

都市の幕

福音伝道者　グァルダーテ　コメ、ネッラ　ノーストラ　リングア、イル　ロヴェッシチョ　デッロ　スパツィオ　スィ　リベーラ。グァルダーテ　コメ、ネル　ノーストロ　リングアッジョ、エ　ラ　パローラ　ケ　ヴィエーネ　ア　リベラーレ　ラ　マテリア。グアルダーテ　コーメ　インゴイアーモ　ラ　マテリア　エ　ラ　レスティトゥイアーモ　イン　ヴォルーテ〔原文はイタリア語。後続は翻訳〕……見たまえ、我が言葉に於いて、どんな風に空間が裏側から翻ってほどけるかを。見たまえ、我が話に於いて、どんな風に言葉が物体を解放しようと降りてくるかを。見たまえ、どんな風に我々が呼吸とともに物体を吸い込み、螺旋形に変えて吐き出すかを——その結果、見えるものさえも見ることができない。

1　パンテュールジュ爺ちゃんの家

身体が演じる登場人物の身体　おい、我が人生の古びた押し入れよ、開け。我が顔の代わりに別の面《つら》をつけるからな。ここにある新しい面《つら》をかぶってみよう、こんな具合に。

窓越しの女　私の頭脳は、確かに、私よりも高い所にあるわ。

身体が演じる登場人物の身体　我々にないものはない。なぜかというと、世のなかのなかの様々な事物を、我らが忠犬の群れに運んでもらったからだ。

窓越しの女　私はね、犬を一匹、骨のなかを通して犬に運ばせていただきたいわ。それって、立派な勝利のしるしじゃないでしょうか。

ニヒル爺さんの人形《ひとがた》　わが三つの自己を通して反復するわが思考を通じた生殖の一連によって、わが輩は自分の自己をおのれの右脳上部の中央にあるがらんどうの片隅において作動させるんじゃ――で、くるくる回してやると、やつは地面に目を向けて、腐葉土になった大地を眺める――そしていと高きものの御声《みごえ》が言われた。「下へ行け、『奥底』のジャン！　下部へ行き、愛しきものに追いつくのだ、お前も！　行くのだよ、ジャン＝イヴォン・バンブロデュース！

窓越しの女　この包みには、特典が詰め込んであるの？　そうそう、この包みのこと！　おお、お得で一杯のこの包みのなんて大きなこと！　おお、おお、おお！

身体が演じる登場人物の身体　おれ様んちの真ん中のなかに座っていると、おれ様の事物はみんな喉を潤しにきて、ご馳走してくれるんだ。

窓越しの女　試しに借金しても、手形割引まではやらないわよ、破産するから。

身体が演じる登場人物の身体　世のなかのなかのなかを食らって、おれも一人前の現実だってことを証明したと思うんだけど。

窓越しの女　気をつけて、ここには黄金色の小型自転車があるわ、脇の青い壁に立てかけて。

身体が演じる登場人物の身体　我らは、なかのなかに入れるものをそとのそとに出すだけだもん。始まりは終わりの方にあるから、昨日の我らの日々を堆積して明日をつくりだそうとするんだ。

ニヒル爺さんの人形　わしら、ら、らはただ、自分たちを支えてくれ、れ、る、る、る影に罰をかぶせる、る、る、るようにだけ生まれ、れてきたんじゃ。そのうちに、あの影《かげ》もブ、ブ、ブ、ブラ、ラック・ホールに吸《す》い込まれ、れ、れて消え失せてしまうじゃろ。ぶるぶる……ぶるぶる……ぶるぶる……

身体が演じる登場人物の身体　そこで何をしているのかね、お前さん？

ニヒル爺さんの人形　この旅行カバンを見ると最後の旅を思い出すのじゃ。

身体が演じる登場人物の身体と窓越しの女　私は願います、始まりが終わりになりますように、結末がいつまでも始まりませんように、空間がどこの場所も占めませんように、自分自身のなかにいる動物がそこでずっとバランスをとっていてくれますように。

窓越しの女　今やった身振りをもう一度見せて！

身体が演じる登場人物の身体　……それから残りはそこにいない犬に向かって叫ばれ——その残りもまた、ヒトの名を持たぬ犬の体にペンキで描かれたのですが——後で広告文は、三ヵ国語で宣言されました。「いかなる犬にも、もはや、自らの十字架を背負う権利も、名を名乗る権利もない」と。

窓越しの女　ねえ、思い切って、こんな品物は取り替えてもらおうよ、「セベン8」でも「8イレベン」でも、「デタラマート」でも、「AM／BQ」でも、それとも「ローソン・ノー損」てか、つまり「メチャマート」でも！

ニヒル爺さんの人形　墓から落下して、わしの頭のなかのなかにも雨が降っている。

福音伝道者　で、我々は「入ってくる」というみ言葉から入ってきたところである。

2　アレコレの重さ量りの家

穴倉のジャン　僕のお母さんには子供がいなかった。

汎神の人形　……いいや、いたよ、いたよ……

穴倉のジャン　小さかった頃ね、僕はよその国に住んでいて、そこには「こっち」とか「あっち」とか、「じもと」とか、「おてもと」とか、「おてあらい」とかいう場所がいっぱいあった。

人類破壊者と汎神の人形　ああああああああッチ。
穴倉のジャン　ある日、確か、あれは旧暦の一九九七年で、新暦では一五五二年だったが……
人類破壊者の人形　で、その家のなかのなかに、きみはどんな設備をつけてもらったの？
穴倉のジャン　のちのちの方向を考えて、全部手に入れたよ、沈黙目測器《ちんもくもくそくき》だの、火炎石油保存器《かえんせきゆほぞんき》だの、早足早蹴式二輪車《はやあしはやけりしきにりんしゃ》だの、小型地球観測器《こがたちきゅうかんそくき》も、死神顕微鏡《しにがみけんびきょう》も。だけど、今じゃあもう、泡発生装置《あぶくはっせいそうち》は動かないし、接着合併具《せっちゃくがっぺいぐ》も破滅したし、固有言語分離器《こゆうげんごぶんりき》も故障しているし、主体でさえも壊れちゃった。
汎神の人形　生まれてこのかた、きみ、いったい何を物体化してたの？　洞窟壁画に描かれたお父さんと同じように物体化してたの？
穴倉のジャン　僕が物体化したのは、大体、二重メッキ十字型マガリネジ、三段ムジムジ娼婦カモキリ、四辺形《しへんけい》のバンバン・ヒューズ、そしてリバーシブルの裏地ぐらいかな。
汎神の人形　だけどそのあいだのあいだに、何をしていたの？
人類破壊者の人形　お前のお袋さまなら、絶対、そんなこと、口にしなかっただろうよ！
福音伝道者　私にはもはや生命の色とりどりの幻影が見えなくなったのだ。
穴倉のジャン　クロワ・ドゥ・ヴォーで待機主義者《たいきしゅぎしゃ》で、ウムナットに引っ越して明日賛成者《みょうにちさんせいしゃ》にかわり、オー・ドゥ・ヴァロワに移って、状況測定士《じょうきょうそくていし》・不安設置業者《ふあんせっちぎょうしゃ》になって、それから巨石メーカーに、足の踏み入れ専門家、にせ殺人者、ソレモシカシダケドネ発言技師、ナンノコトダ質問技師へと、次々に転職した。ウルマに行けば、遍在能力者《へんざいのうりょくしゃ》になって、クロワ・ドゥ・ヴーズィーユに着くと、イーンジャナイ症病者になって、ニオールに来ると、無言になったんだ。揺りかごのなかのなかで一匹狼の僕は、齢《よわい》一歳にしてもう八つの詩篇を綴ったのさ、エイト。どれもそれもこんな句で始まっていた。「目にするものに目は汚れ、現れるすべてと自分は、あらかじめ、関係がこじれてしまった」。それから僕は、チョロマカシ先生のいい耳をつかんで言ったんだ、「無為いたずらなる人生!」

人類破壊者の人形　エマ*よ、この磔刑を見ると、へとへとになるな。

穴倉のジャン　そう、まあね、もう、僕の言葉はすっかりあくぬきされてしまったね。ええと、まあ、僕の人生をすっかり台なしにしてくれた言葉でもあるな。(とても明確な不可解なしかめ面をしながら) 父さんも言ってたけど……「おめーのパントマイムはさっぱり理解できねーな」——母さんもそう言ってたけど——だから二人で、僕の人生をすっかり打ち砕いてくれた言葉をこしらえた。

汎神の人形　この虚しさは悲劇的だわ。

福音伝道者　観客の皆さん、人類が一気にいなくなったところであるのである!

穴倉のジャン　これから、賛美歌を聴いていただきたい。タイトルは『洗い場』で、賛美歌です!

「ある日、あら・い場で

---

*『ボヴァリー夫人』や『エマニュエル夫人』のおかげで、エマニュエルは女性の名前としてよく知られている。「エマ」(英語圏では「エンマ」)として省略されると必ずそうだが、もとは男の名前だった。イエスの本名とされ、ヘブライ語の意味は「神が我々と共に」。

僕のレティシア母さんが出かけないうちに
レティシア姉さんが帰ってきたが
同じ日の早朝に
姉さんはこう言ったよ、お母さんが帰ってきたらすぐ
お前、あたしの眼の届くとこに来なさい！

父さんは、企みを見抜いて
似たような反応をしちゃった
おれを待って、息も絶え絶え、
どん底の淵に足四本をぶらさげた！

ある日ブルー&ラリーで
姉さんはかなり売れっ子っ娘だったが
彼女がいない間に
おれは厳重に扉を閉めようと
こ、こ、腰掛には、は、這いあがった

（台詞の調子で）それでおれは閉じられた扉の子って呼ばれてきたんだ……

おふくろはおれの体に穴淵を見つけて
栓をしてくれた、痛くならないように！」
汎神の人形　人間は全員空っぽよ、なかのなかにしても、そとのそとにしても。それなのに、腐敗に満ちている。

（かくかくしかじか発言機*が闖入する）

かくかくしかじか発言機　雨が降ってきました。
人類破壊者の人形　ちょっと何をするつもりだ？　何をしようとしている？　おい、おめー、ちょっと……
穴倉のジャン　死を前にして死ぬのさ。自分の自己を脱いで、草むらに投げ捨てるのさ。
汎神の人形　きみは屍のほうから歩いて帰ればいいわ、やつは町から出て行ったんだから。
福音伝道者　人生というのは、あっという間にしなびてゆく、まるで最初にざわざわしながらやってきてあなたの顔をなでた季節と同じだ。
かくかくしかじか発言機　雨が降ってきました。トランス＝メソポタミア・大ヴェニアストル地方において、バリュトー少佐のユズカディ自立党は成功を収め、ザリュス少佐のユルルビュルル独立党を全滅させました。カルナビュルでは十二度、カンドー＝プロピュ

*ノヴァリナの別の「オペレッタ劇」にも現れる。ラジオやテレビニュース（天気予報を含めて）の調子のパロディ。

ルジェでは三度になり、ヴォロミールでは辛口の青空が広がるでしょう。サリン川の河口辺りに、クロア・ドゥ・ヴォーの住民たちが、古代にさかのぼる憎悪に任せて、建国宣言を行ったばかりのデレアート共和国*の新しい首都ファントン・モリジェを包囲した後に、北ビティニア前線に合流したポリコプランデュールフのルラーブ族とともに、敵対する、分割されたてのベロブイスタン州のプロタントロップ人の男児たちの指を一本残らず切断し、同時に国際オブザーバーの優秀な何人のなかのなかの十二人の内臓を摘出してしまいました。西部の西プロトセプルクラニアで、ジェロンド派の活動者たちは自らの作戦によって自分自身と見分けがつかなくなった挙げ句、土《つち》に帰って地対土《ちたいど》・土《ど》対土《たいど》・地対地対土《ちたいちたいど》・土対地《どたいち》ミサイルをミサ入りにしました。その間にもかかわらず、夜は墓地の上にぽちぽちと更けてゆくのです。トランス＝アントロポパンドリアのパラントロピア共和国であらたに選出された大統領はこう宣言しました。「我々人間は、自分ばかりを支持する唯一の獣であり、これからもそうであり続けるだろう」と。カステルブラクで八度、ワタパンで八度、アランジュ・メザンジュで八度になり、他では雨でしょう。ルッグドゥヌムで雨が降り、ノアジー・ル・セックでは雪です。カーンには濃い霧が出ていますが、サント・ムヌーは晴れていて、しかも雨も降っています。ベネルックシスタンの新しい首都ユズカブレイツでは雪になっているでしょう。雨が降っているノディミールでは、デルタ地帯に集まったハート対ハートミサイルが、長距離前方防衛任務を完全に果たして、予防遮断地帯を破りながら、死骸だらけのポタモス川の蛇行のうちで作戦遂行された要衝の糸の縺れを解消できました。ほぼ同時に、対岸では、特殊部隊CLARUCのエリート射撃兵たちが、夜の暗闇を進撃、その足跡を辿られることを一瞬も問題にしていなかったようです。以上、ロマニアレヴ・パブランタから、ベネディクト・ルクス記者がお伝えいたしました。**

3　食後の晩餐

身体が演じる登場人物の身体　いいなあ、飲み食いって、挽いて、刈って、転がって、生成して、過ぎ去って、あれこれから落下してさ。この世で最高の食い物には、我のお腹のなかのなかという墓場をくれてやろう。

窓越しの女　何がお好きなの？

身体が演じる登場人物の身体　食いたい、トンコツもポンコツも！　で、終わったら、トンコツのホネ、そしてポンコツのホネと順に食らうのだ。四つん弁になって命を食おう。鉄箱《てつばこ》

---

*ラテン語で deleat「デレアート」は「消滅すること」という意味。

**実際にあるノワジー・ル・セック、カーン、サント・ムヌーなどの、非常につまらなそうなド田舎の地名と作りものの地名とが混ざっている。存在しない地名の作り方は色々ある。たとえばベネルックシスタンは「ベネルックス」（ベルギー、オランダ、ルクセンブール三国の集合を指し示す名称）と「パキスタン」の語尾でできている。ユズカブレイツはEuzkadiという、バスク語によるバスク地方の名前とBreizhというブルターニュ語によるブルターニュ地方の名前の複合語になっている。ポタモス川はギリシャ語の「河」という意味の単語から名づけられた、等々。

を缶詰めにしておれたちの命をはじけさせよう。
ニヒル爺さんの人形　わしは人間の姿をした人形《ひとがた》じゃ。
窓越しの女　私たちは夜食用のズロースを使って食べますのよ。
身体の演じる登場人物の身体　おれは断固として賭け金を倍にするぞ。胃袋のなかのなかにこの食い物を埋葬するんだ！
窓越しの女　お馬鹿さんね、ちゃんと食べなさい！
ニヒル爺さんの人形　わしはおとなしくして、父さん母さんのそばで遊んどる。余計なことも言わず、好きなだけ眠って。もう六歳だもんね、もうすぐもっと歳をとるけど。
身体を演じる登場人物の身体　人生って旅も、また、おれたちの犬っぽい身体のなかのなかから始まるんだ。
窓越しの女　来た、来た、来た。
身体が演じる登場人物の身体　おれはね、この犬を、可能な限り愛しちゃったのさ。で、糞《ふん》ばらしいほどに報いられたぞ。
ニヒル爺さんの人形　高速道路犬は横に横断するが、ただの犬は縦に横断するのじゃ。
身体が演じる登場人物の身体　世界よ、我々のなかのなかに球体を成す一全体となってくれ。それから、そのままいけばいい。
ニヒル爺さんの人形　完全犠牲のほうに向かっているな、わし。思考も、理性も、爪先も生け贄にせにゃいかん。
窓越しの女　私たちは海のなかのなかにいらっしゃる女神を崇め、水を降り注ぎ奉ります。三度目の結婚では兄弟と結ばれることが許されていないので、経験生殖形成《けいけんせいしょくけいせい》によって繁殖します。私たちは沿岸周辺に住んでいて、ロピドカンデュルフなら、生でもゆでてもおいしく食べます。私たちとは人間というもののことでございます。

かくかくしかじか発言機

「ジャン＝ジャック・ルソー作戦」は終了しました。公式に委任されたオブザーバーたちは――カメラを握りしめて――非武装地帯で、人道主義団体に対して行われた暴行行為を確認しております！　ですが、それにもかかわらず、論証に挙げられるかも知れない具体的な申出の有効性を損なうこともないし、概念の思考能力も、金銭のキンコンカン弁の雄弁術も、本日の今日《きょう》の今日性《こんにちせい》をも傷つけることも、または行方不明になった死体の死亡性に終止符を打つこともありません。同時に、大部分の可能性の実行不可能性も強調すべきとされています。ルーダンでも、レムシャイドでも、セヴィーリャでも、ダカールでも、カルカッソンヌでも、レムシャイドでも雨になるでしょう。PROPIDIADUC株式会社の代表兼受益者は、これまで原住民機械技師たちの種まきに割り当てられていた土地に、個体遺伝子の試験管やニワトリのタネを植え込みました――しかし技師たちは、自分たちが作った事物のどれについても、交渉を行えるかどうかについては沈黙の発言でした――すなわち、立ち退かせられた住民に対する死亡前生育後成長率は、持てる力の極限に近いところまで上昇し続ける一方で、その内の空っぽな―濁り水に―よくもないことを―ごまかしている―冷血漢ってやつは、安定した地位を占めることはできつつも、ユーユーとないたり、ブーブーと喚いたり、「コヘレット！　コヘレット！」とばかり叫んだりしました。同時にポンソー・ガムリュ式の災難指数はさらに新しい下落に向かって勇敢に再上昇を続けながら動きませんでした。「人道的危機が長引けば、ヒト科の破滅になりかねない」というNARAZUMONO会の幹事長の言葉により論争は一層激しくなりました。現場から、雨降りのなかのなか、ファブリース・フォルティノー記者がお伝えいたしました。

4　地下で話そう

人類破壊者の人形　命は一度で、首尾よく、完全に無意味へと還元され、今や土の手触りの如しものになってしまった。

汎神の人形　生きてしまったイキに吐きだされた反吐、へーと。

人類破壊者の人形　再び三回もその人生をおれの面前でおれが吐いて、そしておれのおのれを、地下に埋めた、三回も壊れた鏡のように覗く。

汎神の人形　お前の眼を全部使ってそうしようとしたでしょう。

人類破壊者の人形　好きなように生きてもいいだろう！　何回も吐きだされた難解な命だ。

汎神の人形　お前が生きた命をもう一回吐きだしてやろう。

人類破壊者の人形　もう一回吐きだしても、欲しいもののままだ。お前が欲しかったら、また見せてあげるよ。すべてを見たかったんなら、じゃー、お好きなように！

汎神の人形　ほらね！　今、万事物論術《ばんじぶつろんじゅつ》の鉄道《てつどう》に乗って、万事物論術《ばんじぶつろんじゅつ》の国土になった広い領域に着ているのを見てごらんよ。

人類破壊者の人形　眼によって甦ってほしかったものはかえって読めなかった。もう一度生きようともしなかった、もうそんな必要ないから。こんなことは二度と再び見たくないのだ。

汎神の人形　去っていったな、やつは、二回とも。

穴倉のジャン　息苦しい空気どもよ、二本の食道の管を通してこの僕を放出しろ！

汎神の人形　誰のものだ、この体は、あそこの、私の真んなかのなかにあるものは？　自己思考の真んなかのなかに跪きながら、今度は自分の人生に身を任せて去っていきたい。その告白をしたくてきたけど、倅、倅よ！　でもあの人は一眼差しで答えを下した。この体は自分の快楽のたまものでもあり、お前の懲罰の穫物にもなる、と。

人類破壊者の人形　天地球図面のどこよりも遠い場所を見つめ続けてくれ。まだバビロンの都の外に出ていないのか？

穴倉のジャン　えらい間違いをなさったな、救世主様は。おれの体を借りてこの世に戻ってくるなんてなさるべきじゃなかったぜ！

福音伝道者　神はご自分の虚無に似せてヒトを作られた。そのぐらいでかいのだ。

5　かくかくしかじか発言機の二重のスタンス

第1と第2のかくかくしかじか発言機（揃って）ゾルニア国で、バリュトー・バリュトー族のニトロセファール群はニトロ・メグマワシミヤの原・雄生物群と同盟を結んで、PLURISIPAD局によって定められた一方的協定条約の破棄通告をし……*

第2と第1のかくかくしかじか発言機（重ねて）……ビティアーストル族に傾いてきましたが、その間、ウーリゴチャ族、ラギドイ族、ラバデンス族、セレウコスチョウ族、南ビティニアの部族とニンゲンゲンニン族はみんなまとめて、アントロポ・ピテカンヌシたちに押しつけられた制度をまもなく選択し……

第1と第2のかくかくしかじか発言機（重ねて）……しかしクリスティアン・ボランドリュ少佐の「十月運動」に服従することを拒みながらも、建国記念日を一年の内の何日に決めてもよいが、ただし、まさに六月の二十二日だけは駄目だということが決まったので……

第1と第2のかくかくしかじか発言機（重ねて）……その結果、三年間の交渉は無に帰されてしまいました。

第1のかくかくしかじか発言機　大ヴェザニアとその隣国パダニアに新たにできた国境で、CRUPADの895b動議を都合よく実行しようと考えていたコビトチョビット族のドロドログイたちは、あいにく、エロミール・バルドノルフ氏の支持者全員を、腹をえぐって殺してしまいました。ベアトリス・スールシー＝カルビャックとパトリシア・リモジェ＝ヴィルボックがお伝えいたしました……

第2のかくかくしかじか発言機　その通りでございます。労働どもの野郎どもや、地下室の軍隊や、モレノ国の行政機関や、シャフーズの軍事勢力や、シクランド・フンコー的ゲリラや、「恥じらいなき医師団」や、オシオシ勢力グループとその下部組織が、実行可能性を四方八方に求めて、ガロンヌ川東岸地域のソーユー総督の発言に一斉反駁しました。そういう総督は先週、こういうことを言い出したのです。「ヒトバトも、ビトビトも、ニンビトも、ヒトゲンも、ゲンニンも、ニンニンも、ゲンゲンも、ゲンビトおよびヨビビトたちも、ホボビトやヤヤビトも、ゼンビトも、ホモビトも、オンナズキビトも、オンナニンゲンも、ゼンニンゲンも、全員一致してニンゲン調和性を完成させるべきだ」と。みんな腹が立ってきて、たちまちこういう返事を発表しました。「我々はフン・リモー族というものであり、このあたりに居を構える。我々の法律は阿諛追従的な法であり、安物のメートル法式より明らかに高いものであることである」。

福音伝道者　『ポン・タ・ムーソンの信徒へ』8—4**……『ル・アーヴルの信徒へ』12—6……

第2のかくかくしかじか発言機　カステルノー市に雨が降ってきました。南カルニュティアでは、ニクズキ族と南カルニュティア族が、現実界を媒介にして、新首都のアタマキリ・ビク

＊ギリシャ語のάνθρωπος（人間）からできた冗語と古代史などを思い浮かばせる造語。ここで仄めかされているのはむろん、二〇〇〇年当時はまだ完全に終わっていなかった旧ユーゴスラヴィア戦争。

＊＊新約聖書に集められているパオロやペトロの「手紙」（『テサロニケの信徒へ』、『ローマの信徒へ』など）のパロディ。フランスの小さな町の地名に置き換えている。

バクバイク市から、ごく最近ヘリコプターで運ばれた敵側の軍隊を追放し、何かしらの始まりに終止符を打ちながらも、おそらく付け加えることのできなくなった何かしらの、決定的な過程の始まりをもたらしました。ジャン・シチメンチョウ記者、パトリシア・シルベストル記者がお伝えいたしました。

福音伝道者 『ブザンソンの信徒へ』6―24……『ラ・ショー・ドゥ・フォンの信徒へ』5―23……『レンヌの信徒へ』3―14。

第1のかくかくしかじか発言機 「我が輩は上バブーリスタン州のカシラであり、そこに我が輩の家を定め、今では食おうと宣言するのである。我が輩は自分だけで部族全体であるのである。我が輩はジャガイモを食っているのである」とジャン＝ガスパール・フィランドロー大統領は突然発表しました――そうすれば、パピュス少佐付きの専門家による分析がめずらしく裏付けられるのではないかと思ったようです。講和が結ばれた場合、交通周囲交流地帯を立て直す可能性があるかどうかおぼつかないままにしながら……未来の過去化に関する新旧問題設定の問題をも、困ったほどに激しい現代の現在のなさをも軽視しないようにしつつも――そして帰るときに、ちゃんと報道垂れ流しの蛇口を閉めることも忘れずに。ヴァネサ・デュピュイグルネ＝ボウラール＝カルボノー＝ポワトゥヴァンとティエリ・プラサルファがお伝えいたしました。

6　穴倉のジャンとニヒル爺さんの七つの言葉

穴倉のジャン　僕は子供っぽく、頭のなかのなかで「滅びの歌」を歌っている。

福音伝道者　もし我々の前にいらした方々が我々を言葉で作って下さらなかったら、我々は何の言葉で話していただろうか。

ニヒル爺さんの人形　わしは頭脳の膀胱が痛い。わしの頭に入っている意見は借り物の意見じゃ。わしの考え方は膵臓の小脳が考えてくれたことに従っているのじゃ。彼は言われた、おのれの頭が一緒に通れるなら、頭が「万物病」に罹っちまったからじゃないのかね。おのれの頭が、その通りいっちまえるなら、わしは「おい、おかわり」と言うな。

穴倉のジャン　君のなかのなかに人間の大動脈があって、血がドキドキ打ちつぶれる壁みたいだ！

ニヒル爺さんの人形　人がこの世を去っていくとき、人の「ここ」が、あっちに行くのじゃ。

穴倉のジャン　人間がやっと人間の地位についたときに、これ以上ついていってはいけないと、人間は、だ、不意に言われてしまった。おいしい場面もあれば、まずい場面もあるし、見るべき芝居もあれば、飛ばしちゃってもいい芝居もあるよな、測られ、計算され、分けられ、分配され、油を塗りこまれ、飲み干された。

ニヒル爺さんの人形　ピエロが言った話を入れてくだされ、一緒に熱帯の果実を食べよう。

第2のかくかくしかじか発言機　……と、羊飼いの息子は羊飼いの娘に言い返しました。

第1のかくかくしかじか発言機　情報供給パネル調査は、内政干渉に対する義務を果たすべく、プロト政府軍の力を強力に保証して、それと合流しましたが、政府軍は敵のプロパガンダを広めようとする者どもの申し立てをきっぱり否定し、多数双方の軍隊が情勢の制御力を確保したことを確認しながらも……

かくかくしかじか発言機たち　……話し言葉の話せないことのなさをめぐる国際会議を……

第2のかくかくしかじか発言機　……同時に、空軍全体の翼は――蘂しべのようにたわんで――と同時に、人間全員の全一性に正式に任命された爆撃機――この共通闘争によって最高の高みまで見事にもちあげられて……

かくかくしかじか発言機たち　……話という話を話していました！

第1のかくかくしかじか発言機　……件《くだん》の委員会は今後、石に対して口をつぐむ権利を保障しないことを決定しましたが、国境の境界性の原理を問題にせず、温度の加減も、死の塩梅も適切に考慮しておきました。パダニスタン国の首都における八度はこの季節にしてはまったく例外ではなさそうです。

かくかくしかじか発言機たち　(揃って)マリカ・ビュルロ＝デルジーュがお伝えしました……

福音伝道者　神様は人殺しなり――さあ、どう思う、「たんぱく質」くん？

穴倉のジャン　おれたちが食べるのは人の命を救うためにだけだ。あとに残れる命はお皿の上にこねられて食欲をそそるのだ。

ニヒル爺さんの人形　わしは命の外に閉じ込められたんじゃ。

穴倉のジャン　ここに父親がいて、ここに母親がいる。彼ら二人から僕の肉体はもらったのだ。

で、どうする？

ニヒル爺さんの人形　女が手でどんな快楽を鍛えあげてくれても、わしはずっと独身のまんま、独り身の誇りを貶めるはずはないのじゃ。

穴倉のジャン　死は不安増進的、いや、不安鎮静化の、いや、タナトス的に素敵、い　や、忌まわしい！（ポケットから小さな棺を出し、できるだけ遠くへ投げる）

第2のかくかくしかじか発言機　……とはいえ、一瞬たりとも、未来の将来性に関して約束を交わさず――生命の生命性を考慮しながらも――歩行者専用循環区域に加え地域に（墓場での）交通の通行が可能かどうかについても一言も口にせず……しかしながら監獄接近の監禁性を見直さないために――肝に銘じておけ！――って論証にもならない論証をほのめかして、答えるような答えないようなことをし……さらに、世界の果てまで地球の端を拡げようとばかりもせず、行為の行為可能性も動物のけだもの性も帰属しないことの証明もそもそもしませんが、それはすべて、ニンゲンビトタチどものやつらの干渉を基準にし、転げ落ちる最先端の相互指数にじかにあわせた上で、しっかり問い詰められたにもかかわらず、物質というものは、要するに、生まれて初めて、要するに、いわば、今日の傑出した物理学者と向かい合うようになってきたのです。パスカリーヌ・フィランドロー＝デュシェーヌがお伝えいたしました……

第1のかくかくしかじか発言機　しかしその間にFLJNPDRFUの人間仲介者は力を惜しまず敵軍の輩を打ち負かそうとしていました。シルヴィー・デュピュイグルネ＝ポロンソーとヴェラ・トローベル＝ポワトヴァンがお伝えいたしました……

カドリーユの幕

1　空間を奪われた人々

窓越しの女　幼子テオテュープル＊は何と言ったの？

ニヒル爺さんの人形（舞台を出ていなかった）　神様はわしに呼吸による死の恩寵を与えてくださったのじゃ！

身体が演じる登場人物の身体　我々はもはやおいしいロピトカンデュールフを食べられなくなったな！　だから、死そのものさえも食べてやる。おのれの胃に向かって平静に進んでゆき、そこに万物の墓を設けよう。

ニヒル爺さんの人形　神様は呼吸による死の恩寵を与えてくださったのじゃ！

身体が演じる登場人物の身体　幼子テオテュープルには黙ってもらおう！

福音伝道者　それで、ここに卵がある――空間の卵子だ！　それから、言葉がある――彼はそこから現われいずるのだ！　――そしてそのすべてを呑み込む思い出がここにある。

身体が演ずる登場人物の身体　不公平の重さを測り、動物二匹を手に取るんだ。一匹ずつを手にとって、重さを測って、それを手に持って、捨てたまえ。全部計算して、結果にマイナスをかける。残りはゼロだろ。

窓越しの女　そういう風にして爺さんを見つけたのかい？

身体が演じる登場人物の身体　いいえ、まるっきり。

窓越しの女　私はそこにあるものたちの神秘を吟味している。手に持って本当の重さをはかり、「うん」といってそれを認める。あそこにはあれ。ここにはこれ。そういう風に、ものの形状を音節によって加工し、口に出すものによってオンセツの形状を加工する。現実は正方形だ、と、私たち女の子が言う。そして男の子たちにこの教訓を説明するの。

身体が演じる登場人物の身体　男の子たちの事物たちよ、堕落によって僕らから遠ざかるふりをするやつ。そして、僕らが女の子の事物であるふりをさせる女の子たちの事物たちよ、もし我々の何かが君たちの興味を引くなら、死を送ってやろう……しかし、それにしても、最近は、女たちの生殖器を利用して僕らはものを作るようになったな。

窓越しの女　間違えて、今日の事物には、私たちが「うん」によって祝福を与えて認めた事物だと言っちゃった。

身体が演じる登場人物の身体　そんな風に事実は我々の希望のなかで進んでゆく。我々はそれを五臓六腑に何度も摂取し、成熟させた、秘密の手立てを使い。

窓越しの女　あたしを半分に切って、妹に食べさせてやってちょうだい！

＊実在しない人物。この名前はギリシャ語の θεός（神）とラテン語の語尾 -plex でつくられている。

身体が演じる登場人物の身体　母上、人生に出口はあるのですか？　死体のように身体を外に押し出す以外に。

窓越しの女　もしわたしたちがいま即座に身体から出るなら、死が一番早い解決方法だわ、きっと。

身体が演じる登場人物の身体　ほうら、人間の粉末だ。それで、地面に倒れたこの壁は、言葉だよ、言葉の上に言葉を塗りつけた言葉。

窓越しの女　あら！　あなたのお肉っておそろしく塩辛いわ。洞窟のよい匂いをしているのね。

身体が演じる登場人物の身体　君の香りは砂丘、晴天の太陽、かげりのない生活、一生ラクダの匂い。

窓越しの女　この身体はまだあたしのものよ！　数えきれない迷惑は認めるけど。

身体が演じる登場人物の身体　あアはあアはあアはあアあア……


（身体が演じる登場人物の身体が消えると、即座に穴倉のジャンがかわりに登場）

穴倉のジャン　あアはあアはあアはあアあア……
窓越しの女　ほら、孤独のうちに座する動物の声をお聞き。自分自身を嘆いて、鳴いているわ。
穴倉のジャン　我々のうちにいる動物に訊きましょう。そいつがいいものかどうかそいつ自身が答えてくれるといいけど、とにかく訊きましょう。胃袋にも、口がむさぼり食ったものを受けつけるかどうか、訊きましょう。肺にも、ひややかな風を吹いて血を燃やす火をなだめてくれるかどうか、訊きましょう。流れ込む血にも、穴だらけの命をたっぷりと潤してくれると祈りましょう。思考力にも、空間をまっすぐに進み、思考の方向に合わせてどんな方向にも進んでいくような言葉を発して、我々をある所から別の所へと移動させてくれるかどうか、訊きましょう。敬礼しましょう、からだ君に、実り多い、喜ばしいそのさまよいと迷惑！　我々の母上の死体は一体よみがえることができるのか？　さあ、どうかな……　僕のなかのなかには壁があり、仕切りがある。僕の命をもってきて、開けてくれ。埃と、僕が語ろうとしている土よ、おれの身を自由にしてくれ。では、今はどう？　今、涙声のおやつだよ。僕のチューブを使ってもかまわないよ。ただ跳び越えればいいから、一二六センチぐらい。

窓越しの女　私の姿形をした像のなかのなかに入ってらっしゃい。

穴倉のジャン　そうそう、いらっしゃい、いらっしゃい。

窓越しの女　よし、入ってきたわ。私のみすぼらしい像のなかのなかを覗いてみましょう。

穴倉のジャン　あんた、どうして顔が土まみれになったんだい、こんな突然に？

窓越しの女　男も、女も、みんな穴持ちなの。ただ女はそれだけじゃないの――そこから汚いものが落とされて、わたしたちはそこから出てこないあの死の穴のとても近くに――女はね、わたしも君もそこから生まれた生命の穴を持っているのよ。女が他にもっているものののなかのなかには、からだの真ん中のなかあたり、ミルクの革袋も二つある。男の方は、どんなことをしても、お乳を飲ませられない。男も、女も、みんなお尻は二つあり、大脳半球も二つある。考えはその間をジグザグに伝わるの。

穴倉のジャン　わたしたちは「恋人同士」で、単純と複雑と申します。これから私たちの芝居を手早く演じてみせやしょう。単純で複雑な恋人同士を演じる動物たちのシーンを描くシーンをば……

窓越しの女　……とても奥深いドラマのテーマでございます。

第1のかくかくしかじか発言機（一人ぼっちになって）ホモデュリア地方では、ホモデュリアビトは、周りにあるものを絶えず抱きしめることで、自己の塵を捕え戻して位置取りをし直し、自分の塵そのものによって塵から離れています。

穴倉のジャン　あなたは何でできていますか、なにものさんは？

窓越しの女　あたしはね、あたしで作ったおかゆと骨でできています。あんたは？

穴倉のジャン　ややっ、フィジコス小僧がやってきたじゃないか。どうしちゃったんだ？　あ！　八本目の指はどうした？

窓越しの女　いやだ！　プラスチックのベビーカーはだめよ。

ニヒル爺さん　うんんんんんんんんん。

（ベビーカーのようなものが登場する。そのなかのなかから、大きな声、まるでヴ、、、ールム〔ドイツ語で「ウジ虫」〕。ニヒル爺さんが一緒に出てくる）

窓越しの女　私の頭からは一つの考えがイキイキと生み出されたところです。頭が考えたものをとりのぞきましょう。考えを考えからとりはぶきましょう。で、何が残るでしょう？ゼロでしょうか。実を言うと、人間の肉体は実際に材木と事実でできているのです。ところで、それにもかかわらず、私は今、閉まった扉にぶつかったではありませんか、通り抜けようとしたけれど、間に合わなかったから。行ったり来たりする私の冒険は空間のなかのなかのなかにあります。神様!! 我が両眼で頷きます。今なら喜んであんたのために血液的な私の血を流し尽くしたいと思います！

穴倉のジャン 今のところ、命の塊は何と言っている？

窓越しの女 いいと言っています。

穴倉のジャン あんた、かわりに、僕の体をひと巡りするのはいかがだろうか。

窓越しの女 そしたら、あたしの体はどうなるのよ、まったく。

穴倉のジャン 人間のなかのなかは大変寒いけど、そこで僕は死体を作る骨で作られたのさ、エマ。

窓越しの女 あんたの体には仕切りがあるんだね。

穴倉のジャン おれの体に仕切りがあったら、母親はさっさとしきって逃げちゃうだろ、そんなのやなこった！

窓越しの女 あんたは体を作る木で作られたのよ。空間は監禁されているの。あんたは体を作る木でできている。あんたの体は、どっちにしたって、仕切りのなかのなかにある私の顔なのよ。

穴倉のジャン 奥様、現実を教えてください！

窓越しの女 私は生きたのです。命をちょっと消し――湯気の湯気になって――ちょっと取り返しました。私の姿はゆがんでゆきます。世界と反世界を合わせると逆世界になります。すなわち、同じものであり相対するものの対立側面なのです。

穴倉のジャン　母上、我々はいずれ自分の体と仲間になるようになるのでしょうか。
第2のかくかくしかじか発言機　(衰弱して)　……の目にも、泣くための穴が二つしかないのです。
窓越しの女　私の体が送ってくれるものをだんだん感じなくなってゆく。
穴倉のジャン　女は自分の体が送ってくる情報を非常に微弱にしか感じられない。
窓越しの女　私は体が伝えてくれる情報をかすかにしか感じられない。
穴倉のジャン　彼女はいっそう、自分の体に伝達されたことをだんだん感じなくなってきた。
窓越しの女　ありとあらゆる優美な入れ物よ！　夜のなかに現れた朝の名残！　ああ、有毒な馥《ふく》郁《いく》たる香り！　ああ、我が夕方の夜明け！　ああ、天空におけるまばゆいジグザグの闇にあるどん底の広大な暗闇を表す遊牧の彗星現れし湿った季節の昼顔よ！　ああ、形容詞の花束！　食後に歌われた詩！　ああ、もつれた沈黙よ！
穴倉のジャン　ああ、ああ、髪の毛が乱れた彗星のつぶやき！　ああ、ああ、ああ、真空を前にして充満する虚無よ！　ああ！　いい、いい！　ううう！　えええ！　お、おおおお、おお、おおお！……きみよ、あらゆる美徳の革袋！　水みずからの泉！　月の太陽！　朝に飲み込まれた夜の残滓！　青白き炎よ！
第1のかくかくしかじか発言機　……すなわち、ごく最近の国際銀の国債金の可能下落を認めつつも、死の危険性を無視してもおらず……
窓越しの女　恋人たちよ、あなたたちの洞窟では何が起こっているの？　それに、きみの体の穴倉のなかのなかはどうなってるの？　他者になってるのかしら？　他者には逆者もいられるかな？　いいえ、その逆ね。

穴倉のジャン　我が身体の聖域で起こっていることを笑いごとにするな！　泣くのもダメだ！
窓越しの女　あなたは人間という人間そのものよ。あなたにはみごとな量のニンゲン性がある。こんなに沢山、今まで見たことないわ。
穴倉のジャン　他者っていないぞ。他者っていないぞ。他者っていないぞ。他者っていないぞ。他者っていないぞ。他者っていないぞ。他者っていないぞ。
第1のかくかくしかじか発言機　……人が非人間化したら、人情の爆弾を浴びせて責めましょう、と看護婦さんが言いだしました。
窓越しの女　手もとに本物の壁があり、食卓には本物のお皿があり、靴の底には靴底があり、靴底の下にはこの下にある地面がある。すべては確実で、すべては同じ。
穴倉のジャン　では、もう、皆さんに言ってもいいでしょうね、そのなかのなかに皆さんがいなかったってことを。
窓越しの女　次に登場する登場人物に「うん」とか「ふん」とか言って、先に進めてもらうわ。
穴倉のジャン　あなたが想像される以上にあなたを愛しています。あまりにも愛しているので、あなたが直ちに消えてしまっても、僕はちっとも悲しくありません。あなたのなかのなかにある、不意に消え去っていくかもしれない命の力を愛しているのですから……私は今まで死を勝利の形でしか想像したことがない。または、何らかの誕生を目撃することとして。
窓越しの女　私は粉々に時間をつぶしたいけど、その前に、時間がつぶれた看板の連続にすぎないことを、証明する時間を作らなきゃ。

穴倉のジャン　……その上、時間は分散した容器の連続になり、それぞれの容器には時間全体が含まれている――ちがいますか？　僕の人生は屍にしかすぎなかった。これだけたくさんのことが存在してもいない、と考えると苦しいな。

第1と第2のかくかくしかじか発言機（交代で、競争して、最後に合わせる）　モノコッケコッコ式のこの自動車はあなたの卵にぴったりでしょう！　出費の採算をネガティヴによって合ってもらいましょう！　「クロノマニア・ポティダ」の店で一時間を過ごすたびに、ものとものの違いについての考え方が完全に違っていきます！　あなたは内に引きこもるのに、どうして外にもそうしないでしょうか。このここのなかのなかに、あなたもいると思いなさい。このこれを使えば、運転は万年万全！　ベラベラ食べましょう！　ぶよぶよ生きましょう！　ますますぶよぶよと生きましょう！　ご自分を痩せさせましょう！　数字に責任をもつのです！　隊列のもとにいて下さい！　五十七歳になったら、三年ごとに精神内視鏡検査を必ず受けてください！　ご来訪お待ちしております！　八乗ccのうわ言を言いましょう！　三回生きてください！　扉からゆっくり入っていきましょう！　喉を乾かす水を飲みましょう！　犬から影を奪うことをやめましょう！　一番の「安らぎ」、ヨーグルトの一番！　「ボルキ侯爵夫人」の卵をお召し上がりください。まれびとになりましょう。肉を着替えてください。喉の渇きに震えましょう。「パンタ」をのみ込んで下さい！　「ヴィットレックス」を！　「スーパー・クッソッジッジのクーポン」集めまくって下さい！　こんな安い値段なんて、まあ、感激だわ！　まぬけのぬかるみを一緒にハイハイしましょう！　美男子「ゼブルン」と暗く暮らしましょう！　粘液を無料で吐きだしましょう！　「ショードロン社」はあなたの限界をとりのぞきます！　またきてねー！　でぶでぶで万歳！　カルビプロパルジェットをしっとり塗ってください！　「はいはい・カード」を使い果たしましょう！　頑丈者を殴りましょう！　ねぎを支えましょう！　「マルセル・パントックス」をおいしくお召し上がりください！　「ピタドー」を甘くすすってください！　「ゼビュルガース」をぐずぐずしましょう！　鈍重を派遣してください！　プロトスコープを肉々しましょう！　袋に転んでください！　よい匂いがお似合い！　チューブを千本でも死体にしたい！　サッカリンにさっかのりなさい！　たんぱく質をぱくぱく探求しよう！　こっそりと通り過ぎて行こう！　おみ足を蹴り上げて！　石を固めよう！　「ゼブロ」はあなたのプロパーを担当します！　袋を着替えなさい！　罹《かか》りにかかりましょう！　かからにかけりなさい！　ころろにくらりなさい〔原文もデタラメ語〕！　もぐりもぐり、こっそりと生きましょう！　カルナビュールで十二度、パントーニュで十三度、ヴォロディオンで十四度、ルパ・フバで十五度、ビュルダンスで十六度まで上がるでしょう！　「フォカル」を節約しよう！　身体化しましょう！　極限までいきなさい！　病気の効能が現れる！　扉なしに生きよう！　あえて希望を持とう！　自分自身を訪問しよう！　酒を飲まないで死のう！　「ミルドレッド」を買い上げて、「ミルドレッド」を買い直して、「ミルドレッド」を待ち望んで、「ミルドレッド」をボロくんに引き渡しなさい！　自分自身の扉を押し破りなさい！　窓を放水車で開けよう！　通る人をひととおり斬ってやろう！　歩んでいく肉を選んでください！　自分自身を窓から投げなさい！　青い黄色になりましょう！　お互いに詰め合ってください！　絹のおならならひるな！　自分自身を八回以上恥じるのをやめよう！　欠陥を持参して後遺症を変えよう！　自分にアレコレをつけてください！　自分の耳に耳を傾けて、「パンタロン先生」でパンツを求めなさい！　帽章付きの本格的な「マルセル」でないものを買わされてしまうことにもはや耐えてはいけません！　ポスト・ポジション・ニヒリ済みをウイらびください！　何人組かで組むのです！　肉肉万歳！　自分自身を認めなさい！　自分のくずを自身の箱に入れ変えましょう！　歯を食いましょう！　「プロパル」をぱりぱり！　自分自身を取り付けなさい！帽章付きの「マルセル」を二枚もお買いください！　「ニクグニ」の肉をお買いください！

2　ホールを行き来しながら

汎神　やっと私は枢要な穴を三つもあけた家のなかのなかのなかで一人になったわ。個人的でも没我的でもあるこの屋根の下、私の考えをこの住まいに宿らせる。精神対応の夜の帳《とば》りで。ばらばらの雨がぶるぶる私のなかのなかに降ってきた。ここで三等分——居場所がここだから——になった考えは自分の頭が休めるといいなと考えている。

人類破壊者　身体委員会の皆さん、我々のもとへようこそ、ガンガンと鳴るオルガン君も、ぴちゃぴちゃ喋る枝さんも、シャベルさんも、脚付きの枝さんも、つるつるつる枝さんも、下からくっつく枝さんも、眺め七面相のだるまさんも、胴体的トルソーくんも、羽を広げる耳翼お二方も、一人ずつ二十本もある指諸君も。人間の身体を褒め称えよう——まずはここから、ものを言うお箱、うそつきの洞窟から！

身体が演じる登場人物の身体　（無駄な扉から入ってくる）　扉という単語から入ってきて、八一二の番号で私たちを数えよう。おや！　ここは物体があるではないか……しめた！　なかに何があるんだろう……洞窟だ。

汎神　同意だ。命の生命化に同意する、わたし。きみは？

人類破壊者　同意するよ、人々のヒト化《ホミニゼション》を、自分の脱人間的かつ間接人間的勢力を全部入れ込んで。

汎神　私もきみの同意に超金同感するよ。

人類破壊者　では、堂々とリュトロー通りで「メルシエ」自動車工場に同乗しようよ。

汎神　主語・動詞・目的語の構文に同意したわ。

人類破壊者　きみの人情同感には僕も苦しくなっているけど。

汎神　わたしたちの遺跡から移動せず、洞窟の洞穴《どうけつ》にいればよい！

福音伝道者　空間のなかのなかには何があるか。空間のなかのなかには、宇宙があるけどな。宇宙のなかのなかには何があるのか？　宇宙のなかのなかには世界があり、そのなかのなかにこの身体がある。その体のなかのなかには何がある？　この体のなかのなかには、我らの思考、つまり自分の言葉と自分の自身が一緒に考えていることがある。その考えのなかのなかにには何があるのか？　この考えのなかのなかにはこの魂が三倍もあり、全力を使っている。しかし魂には何の中身があるか？　運動のなかのなかには何があるか？　その言葉とその踊りには何の中身がある？　止まれ！　あなたは動かないことによって、運動のなかのなかに空間が含まれていることを証明してくれた。

人類破壊者　テウールゴス小僧に称讃を捧げよう！　ガロンくんにも、ストラグロンさんにも、それから、ショウサン叔父さんにも！

汎神　分離破壊者にも栄光あれ！　死者たるべきものにも栄光あれ！　ご自身の身体を通して貫きますように、ご自身の身体の存在を証言されるべく。

人類破壊者　証明にはなるのかねえ？　頭部の物質にも反復の物質にも、我々の認識を骨でできた箱に入れておくように頼んだけどな。我々は母親の腹のなかのなかにいた頃、そこで命に加わった。あれが居場所だった。動物よ、僕を僕の命のなかのなかに引きとめてくれ！

汎神　一人の人間の終焉だ。自分自身に「残念だな」と言いなさい。

人類破壊者　人間の終焉だ。短いダンス用ズボンを履かせてやろう！　……で、なお、動いてくれた自分の足に感謝したいな。

身体が演じる登場人物の身体　扉という単語から入ってきて、八一三の番号でおれたちを数えよう。気をつけ召され、お客さまの皆々方、おれはこういうつもりはないですよ「これは捨てたい」とはね。

人類破壊者　ここで人はヒトのサルまねをした挙句、サルの服に着替えて人の格好で眼を醒ます——で、履いたズボンを基準にして、自分のなかには人の格好のものがいるが、サルはいないように見えた。「人はこうなる」ってことだけだが、やっぱりそう言うのは気分がいい。

汎神　あたしはいつか、女が感じることの正反対を感じることになるとは思ってもみなかったわ。

人類破壊者　我が動物は何も言わないけど、考えていることが有り余るほどあるからさ。

汎神　ここで「われ」をあたしに結び付けよう。上下の横からのぞいて、われの足は頭の上にあることを見たが、今、足はあたしの頭の上を歩き始めたじゃないか、そうなのよ！　あたしの頭のなかに飾りからめて、あたしの諸器官を踏み進んでいる。短調で、それとも長調！　おい、「ダレデモネー」、もう出てくれないかね？　出てくれないかね、もう、「だれでもねえ」？　もう出てくれないかね、「何人にも非ず」？　ダレデモネー、出てくれないかね、もう？

人類破壊者　ほら、見ましたか、身体とあなたが手をつないで空間を歩むさま……

汎神　いない人を散歩の目的地にしよう、死を手にしながら、身体のない人を目的地にして、網を通り抜けよう。その後、死に向かっていこう、色の鮮やかな螺旋を描いて脳みそをえぐりながら。

人類破壊者　よーし！　一緒にえぐりだそう！

汎神　光なき言葉は言わずにおこう。自分だけに聞かせておこう。地面だけに書かせておこう。そして内面から沈黙を飲み込もう。では、これからは？

人類破壊者　これからは、手の平で。いいや、

汎神　今というこの時、足にも過去にも、原因が分からない、あまりにも苦しいから分かりっこないような苦しみを感じているわ。だが、いつか右足に襲いかかるだろう、未来の苦

しみにもかかわらず、左側の方はまだ結構楽しめる。あたしは体のなかのなかに苦しみを感じるけれど、体があたしのものと証明できないのよ。

身体が演じる登場人物の身体　（不意に現れて）あなたが勤めているのはどこのタイヤメーカーですか。

人類破壊者　僕は「タイヤ参り株式会社」ですが、そちらは？

身体が演じる登場人物の身体　僕は「タイヤモンド」です。はじめまして。貴社は弊社の支店です。

人類破壊者　あなたのタイヤコートは何ですか？　ビュルベックスですか？　SEMPATAP舗装でしょうか？　一日にどのぐらい回しますか？　八回ぐらいでしょうか。

身体が演じる登場人物の身体　（舞台を出ながら）そうそう、おおむねエイト程度。「クロノデュールの件について申し上げます。仕事が同じなら、口も同じにしなくてはいけません。ですが、我々各々にはそれぞれの穴は二個しかないので、それ以上食べさせる必要はないです。したがって、給料の引き上げに同意しないうちに、その事実をしっかり考慮にお入れくだされたく。Zより、目録の一番下のところにある、地の塩の一粒たる身どもZ、社長殿、拝啓草々云々、前略ごめんくださいい」。

人類破壊者　そうですな、つい最近あなたはドコダ県ウンザリダ市副知事に選任されましたが、ごらんください、ここから曖昧模糊悲劇場の本質的に崩れかけた正面が見られます。そこから始まる細道の終わりには、もう何もありませんので、思い切って足を運びましょう。虎は「ヒックジュヒュー」とトラドラと鳴り、かたつむりも「ヒュージュー」とガタガタと鳴りましたが、人間は「ウーラー」と喚きました。「考え込んで、穴がめったやたら付いた旗印がこの大通りに翻りゆく。僕は目をきみの裸の髪の毛にこころよく溺れさせよう」。鐘楼《しょうろう》瀝青《れきせい》下《か》死亡《しぼう》の頃に僕は霧汁《きりじる》を飲みました。鐘楼霧破りの時に僕は瀝青の柵の前抱えをしましたが、音楽が聞こえてこないままに、雪にも姿がないことを見て、もう一度にゃおと鳴きました。人間は動物を切り抜けるための解決にはならなかったのです。人間は物理を作る機械なのだ。

汎神

人間的感情の集いにおれは下から石をつなぎとめる。動物的意見のシンポジウムに僕は人間の十字架よりも下のところに杭を立てて、注目を集めたぜ。そこには後に子供がさかさまに縛り付けられて――黒くてさらに下に――その背中も頭も否定に向かって引っくり返され……神は言われた、さ、「人を使って人を攻めよう。目に見える世界の番犬らの間に矛盾を生じさせよう。天使を送ろうとしたが、やつらに嚙みつかれてしまった！」。あちこち人間をつなぎとめて――上から観察する。人間の頭の上にある足は、もちろん！　今、あたし自身の頭の上を歩いているわ、そう！　そして神様はこう仰いました。神は人間のためにもう随分やったぞ。これからは、善なる神が本気で人間を殺してやる。いいかね？　デウス・ノミネム・オッキディット〔神は名を死なせた。(ラテン語)〕。しかし、そうはなさいませんでした。なぜかというと、御目には涙があふれていたのです。ノアの命を助けて下さいました。

人類破壊者

では、皆様、いかがでしょうか。「神様が小さい」と言われたら、あなたは「強くそう思う」、または「そう思う」、または「どちらかと言えばそう思わない」、または

汎神　「そう思うとも思わないとも思うとは思わない」、または「どちらかと言えば何とも言えない」、または「強く何とも言えないとも思わない」、または「とにかく何も思わないと強く言える」、または「どちらかと言えば全然そう思わない」、または「何といっても全然そう思わない」と思いますか。
もしかして、アチコチのリリちゃんよ、あなたの死体をあちこちから掘り出して、またあちこちに埋葬し直さなければならないのね。でも、続けてください。言葉を発して人間を作ってから、お体のなかに言葉として下ろしてください。
人類破壊者　やつをそこにいさせろ！　そこから出させるな！
汎神　また二重身体の場面になっちゃったわ。さて、これからは？
人類破壊者　我々に罪を売ってくれ！　罪を売ってくれ！
福音伝道者　人間劇の舞台に頭がない男が登場する。
人類破壊者　ああ！　二台の荷車に乗ってこの世を出たら！
汎神　手も二つだしな！
人類破壊者　止めてくれ、僕の命の動物、血のない命の動物よ！
汎神　それより、かく言いなされ、「僕の命の動物よ、僕の命の手中にとどまるな、血の流れぬ殺された命の」。
人類破壊者　おれをつなぎ止めておくれ、僕の命の動物よ！
汎神　それより、こう言いなされ、「誰もいない僕の命の手中にある命の動物」。おいでおいで、人のサルまねをなさる神よ！　お助けください、人間の振りをふるまう神様よ！　崩れ落ちるものを支え、汚れたものを洗い、乾いたものに水をやり、傷を負わせたものを癒し、生きているものを死なせ、冷たいものを温め、曲がったものを元に戻し、燃えるものを冷やし、赤いものを青く染め、生きていないものに息を吹き、淀んだものを流し、こぼしたものをせき止め、なくしたものを見つけてくださる、息を吹きかける我らの精神の動物、おいで！

人類破壊者　おれより生き生きとしているあなた、きて！　我が輩に代わってください！

汎神　今我々の目の前には一点の焦点があって、そこで我々の滅びる終点が消えてゆく。ほら、見てごらん！

人類破壊者　もう視界から消えたかい？

汎神　呼んで下すったお方の「み言葉」に我々はクチグチをくっつけて、そのお方にもくっつけたりします、そのお言葉とわたしたちの間にある血のリボンにくっつけるように。無から生まれて、無に化けた挙句さまざまなありさまをあらわにする。血のように、今こそ、我々の歯から氾濫してきたりして、それは無関心で、つかの間の、永久なものです。

人類破壊者　それで、これからは？

汎神　死を殺すのです。

身体が演じる登場人物の身体　（手に網を持って）自殺は解決になりうるか*？

人類破壊者　一番いい解決方法だろう。

*三〇年代のシュルレアリストによる「アンケート」の問い、「自殺は解決になりうるか」。

身体が演じる登場人物の身体　（退場しながら）では、万が一僕が死ぬことになったら、墓にこう
　書いてくださいね、
　　ダニエル・ズニック＊
　　　人類自殺先駆者

人類破壊者　「誰か」の粘土に望みを託すよ。僕はもう、首と喉を別れさせることができない。何って？　体のこと？　体は「好きなら、一緒においでよ」とばかり言い張っているけど。身体を教えてくれる先生は紐を引っ張って自分の体を取り戻してから一緒に出かけてゆくように指導したが。なるほど！　「ニンガン」を教えてくれる先生のほうはいかがでしょうか。

福音伝道者　（敷居をまたいで）この扉から入ってくるのだ、出てゆくのではなくて。お前さまらはみ言葉と相棒なのかい？　……不活発は活動とぐるになったのだ。

人類破壊者　今朝、手に餌をちゃんとやったか？

汎神　やりましたとも、この世界のものを一個摘んで。

人類破壊者　さて、ここにいて人類の終末が黒をまとって、歌をうたってやってくるまで待とうや。おい、アダム！　吠えるのをやめてくれないか？

汎神　世界とは私がほんまにおいしく、「オーラム」〔永久に、暫く、永く。（ヘブライ語）〕を唱えながら食べるというものです。

人類破壊者　アンコール！

汎神　アラーム！　アラーム！

人類破壊者　アラームにもアンコール！

汎神　世界よ、あたしに吠えるのもやめてくれるといいわ。人間の物質が多少このなかのなかに流し込まれたのよね。

人類破壊者　お前は何度擲ってしまわなければならなかったのだ、自分の手が聞いてくれるまで？

汎神　歩いたり、真っ逆さまになってわき台詞を言ったりすることはわたしどもの巡り合わせです。人のことを別人の頭で考えたりすることも。行為は活動のサーカスにおいて行動されるが、その影法師は無活動のサーカスにあるのだ。あれを捨てれば捨てるほど、あたしの言葉は遮られますよ、ますます。心配ですけどね、あたしは今日、破局地帯に深く入りすぎてきてないかしら。あの脚はわたしのなの？　……でなければ誰の？　次に出てくる足も誰のものなの？　いや、何のために進んでいるの？　離れていくためよ、aダッシュからbダッシュへと……さかさまになった世界が見える。世界よ、内の宇宙の裏側なのかしら？そうかどうか分からない、そうじゃないかどうかも。あっちかこっちか、あたしにはまだそこから出て、人間像を開き示す力が残っているかどうかも知らない。内面的にも闇が深くて。お黙り！　静かにしなさい！　しばらく一人にしてください。あたしはよう

＊フランスの俳優（一九五九年～二〇〇六年）、コメディー・フランセーズの元専属。クロード・ブシュヴァルド演出で、ノヴァリナ作品（『架空のオペレッタ』、『紅の起源』など）に参加して、成功を収めた。没後にノヴァリナが賛辞をおくった。

やく、自分の行動の反対側に別の行動をおかすことを心に決めたのだ。

人類破壊者　これぞ我が肉体なり、間違いないさ。ちゃんと分かっているぞ。あいつだぞ、あいつ。おれの死体を位置づけるのに一番苦労した場所なんだ。

汎神　黙りなさい、畜生！

人類破壊者　おれが不在のとき、やつは姿を見せてくる。

汎神　なんということ！　どうやったらあたしは雨に降られることができるっていうの――頭のなかのなかに前から水が溜まっていたのでなければ？　お別れの時間よ、我が故郷。寂しいカンタータを歌ってあげるわ……そなたの体のなかのなかを調べるにつれて、痕跡が見えなくなりつつあるの。

人類破壊者　他の人に証明された考えを考えることもできねーや、もう。このおれのまわりにある世界が紙で作られていないとか、空間が破れるとか、こっちの小石を持ち上げてもいいが、そっちの小石は駄目だということも信じられねえ。僕は生れてからずっと人間が感じていることと違うことを感じてきた。ごめんね、リュセット。*

汎神　空間にも時間にも穴だらけな渦巻ばかりあると思っていますわ。時間のどんな瞬間にでも私は消える可能性があります。一歩前にでたら、空間のなかに沈んで、いつでもどんな一点においても消えることもできます。それが、私には、永久に続く、あなたに言うべきではなかった喜びになっています。

人類破壊者　精神をどこに置いてくれたのかね？

汎神　精神は三番目の扉の所で止めましたけど。

人類破壊者　（杖で激しく叩き）一つの扉のなかに三つの扉もあるのか？　あるいはたった一つだけ？　一枚の扉のなかに三つの扉もあるのかい。そうでなければ――そうだったら、どちらから出るといいんだ？

汎神　違いますね。

人類破壊者　ここでは人が行き違いの空間に入るのだな。

第1のかくかくしかじか発言機　とはいえ、障碍が議事妨害と認められざるをえないにもかかわらず、またはそれを諦めて、自分自身の名前を名乗ることもせず。ジャン＝フランソワ・バディゴワンスがお伝えいたしました……

第2のかくかくしかじか発言機　人間の流通価格は非常に低くなりまして。

第1のかくかくしかじか発言機　人間の憂鬱琴線は感動的に上昇していて。

第2のかくかくしかじか発言機　道路のセントバーナードは自腹を切って皆様に横転酒樽をおごるのでしょう。

（第1と第2のかくかくしかじか発言機は無言で二回挨拶をする）

＊女性の名前。ラテン語の動詞「lucet」（光っている）をフランス語式で読むと、音は似ている。

代名詞的な幕

1　三重否定

身体が演じる登場人物の身体　この手で握れるようなどんなものでもこの手で握っているということを否定する。手をこういう風に握っていることも——この腕の先端に僕の腕が掛けているような手があることも否定する。この手が僕のものであることも否定するが、やはり僕のものだな、たとえ手のことを言葉にしたことを否定しようとしても。しかも、手を言葉にしたことも否定するがな！

対主体　私たちは行動できる範囲を言葉に変えました。言える範囲を超えたことについては遠慮しましたけれども。

穴倉のジャン　おら、おいらはおれだってことを否定し、この手をも否定する。この手をお前の手として否定しても、やっぱり手前の手だな——しかし持っていることを否定するぞ。おい、お前、そうそう、お前だよ。そりゃお前のものなのかい？　お前のなかの？

対主体　持っているのを否定なさったのですが、それだって、私たちのものではありません。

身体が演じる登場人物の身体　おれは人の面をもつものではないし、お前の面の前に現れることも否定するぞ。

福音伝道者　言葉は我々を表現するのではない、ダニエル。我々を動かすのだよ。

穴倉のジャン　僕はいつか死ぬことを否定するんだ。心底から死を否定するけど、死を信じている。僕はあるものであることを否定する。僕という木材でできた存在であることも否定だ。

身体が演じる登場人物の身体　老いたる死者よ、秀麗の土地に戻って、生き生きものを作りだしなさい。

穴倉のジャン　何で他の人は僕のサル真似をするのさ？

身体が演じる登場人物の身体　老いたる死者よ、相矛盾する土地に戻って、足で生き生きものを作りだせよ！　老いたる死者よ、押し入れにちゃんと戻って行くのだ！

対主体　否定しますよ、今のこのフレーズを言い出そうと試みようと考え始めようと思い終えようとしたことを。口に出したこともありませんし。

身体を演じる登場人物の身体　何と言おうと、お前だってそうしようとしたんだ。

対主体　この言葉によって救われたことを否定なさるのでしょうか。多数のなかのなかで一人であられたのはうれしいことでしたか。

身体が演じる登場人物の身体　否定を否定し、子ばらみを拒み、行為を反駁し、行動しないようにする。

対主体　気が付きましたが、あなたはいつも、お話をする前に、ご自分のことを三回も否定なさるのですね——にもかかわらず、あなたのご自分はあくまで「自分」と言い続けていますね。

身体が演じる登場人物の身体　実行しなさい、実行だよ！

穴倉のジャン　気が付きましたが、あなたは、否定する前に、ご自分のことを三回もお話しなさるのです――それにもかかわらず、あなたのご自分はあくまであの「自分」のままでいらっしゃいます。

身体が演じる登場人物の身体　あなたの身体を同様の身体と交換したら、後悔すると思いますか？　まさかしないでしょうね。

穴倉のジャン　誰のものじゃ、あのワシンタイは？　誰のものなのかい、あのここにあるワシのど真ん中にいるワシにおける今の体だから、なんなのだ、これのなかのなかに捨てられちゃったのかい？

対主体　あなた方は、もし人間でもいらっしゃるなら、実行可能の人間行為を実行なさって、やれることのみをおやりになってください。

穴倉のジャン　僕が死んだらば、お願いだ、現実のなかのなかに永久まで寝かせてたもれ。

対主体　さて、今のところここのところにいて、どうすればいいのか分かりませんし、住民に何を言えばいいかも分かりません。もしもし！　手ぶらくん、お前が三回もあのなかのなかにいたのなら、四倍も足してあっちへ行ってください。

身体が演じる登場人物の身体　破滅のなかのなかを案内してあげるから、ついておいで。

対主体　万が一唯一物に出会えれば、私はこういう風に話しかけるでしょう。「あら、まー、唯一物さん、数のなかでお独りだったことは楽しかったでしょうか」。

穴倉のジャン　おれにはもう、なすべき人間の仕事がない、人のなかのなかにも外のそとにも。

身体が演じる登場人物の身体　指の代わりに手がたくさんありすぎるが、足の方は、充分とはいえん。

対主体　他人の頭に目をこすりつけましょう。

穴倉のジャン　人が一致していなければ、例の輪のなかに戻せばいい——例の四角形のなかにでも。

身体が演じる登場人物の身体　痛ましいこの歌に吹き流されるままにどこまでも放浪してもわたしは構わない。流してもいいかな、この歌？　両方の膝をつけて、存在するために逆上した人々の前に割り込んで生き延びたい。そういえば、ニコデモス*との対話で僕が何を言いたかったのか、と訊いていたっけ。

対主体　いいえ、僕は訊くことはやめました。

穴倉のジャン　木が見えていたのか？　暗闇も？　暗闇が血から出てくることも見えるのか？　面《つら》も見えるのか？　面の暗闇も？　肉体の木も？　僕たちを支えていた無言の面も？　一回だけでも、いつか、本格的な物質の暗闇において、私たちを支える地面も見えて、支えてくれる理由も分かるだろうか？

＊ヨハネによる福音書（3、1—2）において、ニコデモスというユダヤ人がイエスのところに来て、秘かに弟子になる。ジャン・カルヴァン（一五〇九年—一五六四年）は『ニコデモス派の人々に対する釈明』において、「ニコデモス派」という名称で、社会の本流と妥協して本心を隠す信徒を非難している。

対主体　測定できるありとあらゆるものは滅びていきます、私自身も含めて、あなた自身も、彼ら自身も、我ら自身も。でも、静かにしましょう。皆様がおいでになりましたから。

2　代名詞の嵐

人類破壊者　自分の自己が痛いけどな。
ニヒル爺さん　殺すんだ！　再び殺すんだぞ！
人類破壊者　おれにはこの俺が痛いのだ！　こののののれがいててて！　殺せ！　殺せ！
非論理学者　おれおれのなかのなかの動物を殺せ！　再び殺しな！
穴倉のジャン　僕の自分が痛い。自分のホイが痛いのだ。おれおれという動物を殺して、再び殺すのだ。
非論理学者　自分を殺せって、お互いさまだけどよお！　それとも、その自分を自分で殺せば？　自分を殺しなさい！　自分だって、お互いさまだけどさ。
穴倉のジャン　でも、僕は自分のことが好きだけどね。自分って、僕のものだから。
非論理学者　だが、小生はお前が好きではない。
対主体　彼って！　彼って、誰さ？　痛いな、痛い！
ニヒル爺さん　ただ痛いんじゃ、たったお前だけだ、けだものめ！
人類破壊者　この世の観客の諸君、私は身どものなかで苦しんでいるが、その自分が自分なのかどうか、身ども自身にも分からん。

身体を演じる登場人物の身体　いや、大したことじゃないさ。自分から離れようとするお前のナンダカだけだろう。そちらの自分がお前さんから出ていくのさ。

福音伝道者　舞台では「自己」と「人」の間でことが起こるのだ。連中に任せておこう。

人類破壊者　主張を変えるどころか、むしろ倍にしておこう。自己のじじここはすごごくいてててて！

非論理学者　人間は存在しないかもしれないが、だからこそ人間時代は恐ろしいのだ。

福音伝道者　いや、プルチネッラくん*、違うんだよ、全部。

穴倉のジャン　オー！　ホー！　ヒー！

福音伝道者　舞台には「われ」と「人」が出来する。両方とも穴が違いはするが、最終的にはそれは類似なのだ。

対主体　脳味噌の骨はどこにありますか？　我々の考えは今どこにありますか？　どこでしょう？

ニヒル爺さん　脳味噌の歌は旋律の向こうに動物との境界線を描くのじゃ。

福音伝道者　三倍の拡大とオレオレ旋風の場面が始まるよ！　アンコールだ！

＊ナポリの伝統的な風刺劇コメディア・デラルテに登場する道化師。ルネッサンスから全ヨーロッパにひろまって俳優および人形劇として人気を受けた。イギリスではパンチとなり、フランスでは、ポリシネールになった。ストラヴィンスキーの一九一九年のバレエの主人公でもある。

身体が演じる登場人物の身体　自己のわれが痛いけどな。

穴倉のジャン　そちらもお前の自分を殺せよ！　おれもおののれが痛いし、僕もひぼく痛いのだ。このホイも苦しいけど。

非論理学者　自己という動物を殺せ、自分の肝を食っていくその獣を。自己の獣を殺すのだ、自分の頭をすり減らす動物を。

ニヒル爺さん　あいつの自分を殺してくれ、全部！　自分を殺してくれなきゃ、我がおのれがお前をやるぞ！

人類破壊者　だけど、おれのことが好きだよ、おれは。

対主体　お前の内面はなかのなかにしまっておきたまえ。

身体が演じる登場人物の身体　このことを内密にしときたまえ、おれは、僕のことが好きじゃないけど。

穴倉のジャン　これこれ！　死んじゃあいけねーよ、ブレージオー*！

身体が演じる登場人物の身体　亀裂が痛い！

人類破壊者　ただ痛いのは、たった一人の規律だけだ！

非論理主義者　観客諸君、ここからはカタストロフィーが始まります。自分自身の周辺がとても苦しいですが、不意に、突然、自分自身の外も苦しくなったにもかかわらず、私は何も感じていない。

穴倉のジャン　大丈夫だよ、大したことないさ、やっつけられたのはお前のお前だけだから。

ニヒル爺さん　舞台にはあの人の「自己」とわしの「わし」が登場し、一緒に生まれるのです。

人類破壊者　主張を変えるどころか、むしろ倍にしておこう。
身体が演じる登場人物の身体　舞台は「自自己己」と「人」の間で起こる。ワシンタイもここに。ワシンタイくんも人くんも登場してくる。両方とも穴が違うのだが、結局それも類似なんだ。
ニヒル爺さん　舞台には「わーたーくーしー」と「ひーとー」が登場したのじゃ。その屍に耳を傾けてやれ。
人類破壊者　自分の頭に我らはこういうことを言った。脳味噌の骨はどこにある？　我らの手に自分はこういうことを言った。我らが考えた考えは今どこにあるのだ？　我々は自分のなかのなかのなかにいるのか、そういうことかね？　我らが考えている考えはどこにあるのか、急いで？
穴倉のジャン　我はここにあり、人のなかのなかに、神に保護されて。やつは俺を肉体にしてくれたけどな、ここのなかのなかに落ち込むために。おれがみ言葉の母胎のなかのなかに居住するために。
人類破壊者　ここでは、人間の周辺のなかのなかを吾人は祈る。死が訪れたとき、自分の動物のなかで寒くなりますよう。
身体が演じる登場人物の身体　あの方がお前の顔に頭脳の断片を塗り描いたとき、お前を飲み込んで何百何千もの不可思議な分泌液を使って作り上げなさった。あの方の出現にはお前

＊田舎っぽいあだ名に変形された Blaise（ブレーズ）。数学者・思想家パスカル（一六二三年―一六六二年）の名前。

が鏡となった。つまり、お前に残れる像はそれだけだ、あの方の手が地上に残した痕跡。

穴倉のジャン　ここでおれは、おれの顔の反人間的周辺で祈ってあげる。おれの皮膚のように、この世がおれのなかのなかにおさめられているということを分かっていただけますように。おれは全行動を呼吸している。その全部を引き算に裏返えそう。それらに死を送ってやろう。違う、違う、違う、死のほうが違うと思う。そうだ、そうだ、そうだよ、死を殺せ！　死はあっちへ！　違う、違う、違う……そうだ、そうだ、そうだ、死を非難せよ！

対主体　最近の動物はみんなの前にやってきて、自分の裸が気になると言っているらしいですが、すくなくとも私は生まれたのです。

非論理学者　おい、救世主よ、人間を痛めつけてくれ！　まるで舞踊会みたいだぞ、人は踊りながら、時間を無駄にしていることを最初から知っているんだ。とくに自分が「他者」となり、「別人」を踊りに誘い忘れた場合はね。

穴倉のジャン　舞台には「わーたーくーしー」と「ひーとー」が登場したのだ。やつらの知能的分泌に耳を傾けてごらん、行動もなく、結末もない代物を。

身体が演じる登場人物の身体　残念なことだけど、それでも吾人はそれを誇りに思うのだ！

人類破壊者　ここでは、人間の周辺を祈りましょう。死が訪れたとき、自分の動物の内側が寒くなりませんように。

福音伝道者　祈っております。行動を手にして祈っております。両手で行動しております。

非論理学者　おれは全行動を呼吸している、全部、あっという間に終わったやつでも。そして行動にも死を送ってやる。空気のなかのなかに、結局、「詩を殺せ!」と聞かせてくる曲をおれは呼吸している。

ニヒル爺さん　「おれがねー」ってのは、人間が歌う人間の歌なんじゃや。

対主体　『人境外の再々の災難のものの物語の語り』って歌を歌った人だろう。『反人間奇談』って歌の直前にさ。

ニヒル爺さん　「やあ、言っとくさ
人が好きだぜ
おれって、僕の
ビビ・エユス
エゴー・メオ
だーい好きだぞ
さーい高のよ!
人へ、メオより」

全員合わせて　「好きなのは、きみみたいなひとり」

対主体　「人よ、ひとこと好きでたまらぬ」

ニヒル爺さん　「おれが『わし』と言うとあいつは

『僕』と答える
『おれか』と言ったら
『そうだぞ』と
言われるさ
地上の王様
気取っちゃいかん
この世の主だ
おぬしが好きさ
どうしようもなく」

ニヒル爺さん　「人による人
さーい高で
よりによってさ
ひとことも言わず
歌えばいいぞ」

全員合わせて　「人が好きだぜ
彼って、きみの」

穴倉のジャン　うまうま、サンドイッチマンだ！　むにゃむにゃ！

身体が演じる登場人物の身体　エゴを倒せ！

ニヒル爺さん　エス*のやつに万歳！

人類破壊者　おれを助けてくれ！　僕を助けて！
身体が演じる登場人物の身体　おのれに死が訪れてくれればな。
対主体　死を殺せ！
非論理学者　超エスくんも万歳！　おれたち諸君も万歳！
穴倉のジャン　「このおのれ……おれ……エゴ……わたくし……自分……じじ……フライドポテト売りのじじ」ってフライドポテトもうまいよな。
ニヒル爺さん　他者の豚ができたかい。
人類破壊者　我らの他者なら、確かにできたとも、ああ――みんなができた頃のころ――しかしその豚は知らんぜ。
身体が演じる登場人物の身体　神様をたたえてまいりましょう、場所様にも栄光あれ！　参りました！　おお、まいったな！
非論理学者　他者の血が流れてきたのか。
対主体　もし他者が余分に血を流すようなら、我々はやつを斜めにしてまき散らし、この世の取るに足らないことのなかのなか、地上に流し広め、その臭気を拡散させましょう。
人類破壊者　シャルル・ブリュレーヌ、**あなたは箒でやけどなさった！

＊フロイトの作品で普及した概念。「エゴ」はラテン語で（ドイツ語の「イヒ」ich、フランス語の「モワ」moi、「自我」に対応）、「エス」はドイツ語（ラテン語の「イッド」id、フランス語の「サ」ça に対応）。
＊＊シャルル・ボードレール、ヴェルレーヌ、スタンダール（アンリ・ブリュラール）の複合名。

身体が演じる登場人物の身体　きみたちは動物でしょうか。
ニヒル爺さん　わしらは人らしきものらしいよ、おおむね。
穴倉のジャン　固まった動物だ、つまり。
非論理学者　動物は我らよりついているぞ、毛に関しては！

（急に経済行為が始まり、お金が激しくやり取りされる、六人の間で）

福音伝道者　経済行為のアクション！　二重、三重の駆け引きのバレエ！　——あなたのお金ですよ。——ああ、ありがとうございました。——じゃー、あなたのこのお金を返してくれ。——はい、どうぞ。——お金を持っているかい？　——まあまあ、多少。——お金がもっと欲しいのかい？　——ああ、お願いします。——お金はどこにあるのだろう？——そこですよ！
穴倉のジャン　『代名の人々——前歴の序説——おのののれの代名詞によるカンティレーナ〔中世の世俗的歌謡〕』
人類破壊者　『ここに我在り。代名詞の悲劇』
身体が演じる登場人物の身体　ひとの脱人類化の歌。『僕の私は俺だ』、秋のドラマ。
人類破壊者　『我は我であるものである』、耳付きの独白的な一人芝居。わたくしの歌。
非論理学者　代名詞テキセツなお方に歌われるア・ペカタの歌。おのののれの自身自分の肉体。ソルス・スム〔ただ我在り〕。

身体が演じる登場人物の身体　小生殿よ、あなたはどういうような人間ですか。誰でもないのでしょうか。
人類破壊者　おれの大事なエゴさ――さー、ぼくのね、あれが――ルメン・ジュジュ、ノビス、ア・カペラ！
穴倉のジャン　人の歌、おののの
れじいしんと交雑させられた。
対主体　なまの人間の歌、って名前だな、まー。
ニヒル爺さん　わたくちの歌、うまくカラダにされた人の歌という歌。つまり自分による男の女の歌。
対主体　いろいろさまざまを反芻する男の歌、
「いろいろさまざまのなかにいる人には
無茶けちな人生だ」
穴倉のジャン　おれがニンゲンしていた間に完全に生き違った人の歌。
人類破壊者　僕そっくりの歌――すまん、ね、おれも！　対他者のコーラス。
身体が演じる登場人物の身体　おれのなかの真ん中のなかでまで歌われた、人間に沁み込まれた人間の歌、又は待っている人間の歌。
非論理学者　自分だけが歌える他者としての歌。生命の物質よ、助けてくれ！
身体が演じる登場人物の身体　お互いに人ビトッテいましょう！
人類破壊者　汝のリンゴのように汝のリンジンを人にせよ。

穴倉のジャン　我々人間は過剰反芻になったぞ！　互いに人びちゃおうぜ、オモシレーから。
対主体　人っと科の歌で、「いついつまでものワルツ」。
ニヒル爺さん　「人っと科への進化を伴う最中の歌」
福音伝道者　ヒト化はうまく発展しています。
非論理学者　まあねえ、他者がおれのサルまねをしない限りな……
ニヒル爺さん　「おののれと、
わしんげん、
ってことは、ぼく！
自分だぜ、
ゼロじゃねー！
背負って、なんだ、
毛皮のわれだ！
自身のおいらが
どんな俺かい？
ワタのクシをさ
何よりも好き、
こっちよりも。
粘土みたいだが、
おれはそんなもんだ。

一番うまく
捏ねられたのは
一番素敵で、
上から見ても
一番下と
全然違う！
一番の一だ
天上から見たら！」

人類破壊者　なかなかいないだろう、自身自分よりえらいものなんて！

穴倉のジャン　「いや、よく聞けよ、
我が神様は
人間だって、
つまりおれんだ。
だいたいすきずきで、
賛成ばかり！
やはり素敵さ、
自分みたいな人、
『おれ』と言ったら、
やつは『僕だ』と

言い返したが、
おれのへんじは
『お前は地上の
王様だ、
ご自分さんよ』」

対主体

「あー、何という、何という、何という
驚きだった！
自分がみども自身にやってきたのさ」

福音伝道者

「気にするな、兄貴！
この世はお家だ！」

非論理学者

「みんなのなかの
なかに、要するに
恐ろしい穴が
開いている、
それがやつだ！
我々自分自身
われらはおのれ自分

おたがいに
愛しあおう。
人よ、そう人の君よ、
好きでたまらぬ！
もし一人の『リ』に
出会えたら
歌でも歌うぜ！」

ニヒル爺さん　わしらはみな、自分たちのおれらに飢えているからのお。
（次第に早口で）対主体　おれのおののれ！　非論理学者　お前の自分だな！　人類破壊者　我らだ、我ら！　身体が演じる登場人物の身体　あなたがそうおっしっしゃっちゃった！　ニヒル爺さん　あれのそれさ！　穴倉のジャン　お前の彼もの！　非論理学者　自分の自身！　人類破壊者　お互い様だけどな！　身体が演じる登場人物の身体　おれのあれ！　対主体　彼女のカのじゃ！　人類破壊者　自分の我々もの！　身体が演じる登場人物の身体　おぬしのあなた！　穴倉のジャン　てめー！　人類破壊者　エユス！　対主体　テクム！　身体が演じる登場人物の身体　ヴォビス！　非論理学者　ののの！　穴倉のジャン　みずからのわけのみずからのみ！　人類破壊者　おたがいさんだが！　身体が演じる登場人物の身体　お前さ！　ニヒル爺さん　きみのみのね！　穴倉のジャン　わたくしのこいつ！　非論理学者　しっかりしっかれ！　身体が演じる登場人物の身体　おぬしのおいら！　ニヒル爺さん　あれの彼さ！　対主体　自分のみずから！　人類破壊者　お互いクンだな！　非論理学者　かれのそれもの！　身体が演じる登場人物の身体　彼女のもだろう！　ニヒル爺さん　やつらのやつら！　対主体　ワタの串！　綿の口！　穴倉のジャン　ノソトロス＊！

身体が演じる登場人物の身体　おれはね、お前の他者なんだよ。

穴倉のジャン　違うぞ！　他者とは自分なんだ！

非論理学者　我らはきみらの他者ですが、それはお互い様。

対主体　ヤマカンで拙者見たい。

ニヒル爺さん　おお！　他者なんか、もう見たくないわい、その空しい顔も！

人類破壊者　「礼拝しよう
　人による人間による人類
　による人々
　による各人に
　よる自分自身を、
　もし人間は
　全滅したら
　おれとぼくさ
　ぼく自身でペアーをつくる！」

福音伝道者　（看板を上げて）あなたは万が一地球という名の惑星を見つけたら、私宛に、この看板のなかの上に書いてください……（看板には「居心地のよい人へ」）

身体が演じる登場人物の身体　うむわ！　うむわ！

穴倉のジャン　おれはお前のアルテル拙者だよ。

身体が演じる登場人物の身体　うむわ！

非論理学者　ワタのクシをいう動物を殺せ！　ギブ・アウット・アンド・テイク・アウット！**

身体が演じる登場人物の身体　うむわ！　うむわ！　うむわ！　何者だろう、われは、この人間の檻に閉じ込められて？　何をしにここに来たのか？　また何を言っている、今？　どこへ逃げようか？　曲がろうか？　回そうか？　やじろうか？　人びとうか？　てにをはようか？　いきものうか？　もらおうか？　しようか？　騒ぎまわろうか？　増やそうか？　続けようか？　縦に立っていようか？　先に探査しようか？　ぐらぐら躊躇しようか？　嗅ぎつけようか？　出産にさんかしようか？　段々断言しようか？　カンカン諫言しようか？　のらりくらり言い逃れようか？　すぐ言い返してやろうか？　にもかかわらぞうか？　また饒舌になろうか？　床雑巾へゆかぞうか？　サラサラ猿まねようか？　手ぬぐいを脱ごうか？　同意に移動しようか？　くだくだしく織物をしようか？　カブの表情を演じようか？　行き違おうか？　チンパンジーようか？――やつらに由来するにつれておのれはヒト科への進化から撤退しつつあるようだが、とにかく、

＊「ノソトロス（nosotros）はスペイン語の代名詞で、「我々」という意味。
＊＊原文は sortant, sortant（そちが去っていくと、こちも去っていく）、donnant, donnant（ギブアンドテーク）という決まり文句の、意味がないもじり。

よくここまでやってきたな。そう猿猿やるかね？

人類破壊者　自分にぴったりだ。なかのなかには誰もいないから！

身体が演じる登場人物の身体　もぐもぐと輝く穴を祝して乾杯！

非論理学者　虚なる無を祝して乾杯！　あればの話。真空を祝おう、是非にというならば！

穴倉のジャン　別人になる興奮を祝って。えいやあと唸る苦悩に乾杯だ！

人類破壊者　おのれの自分にも、我が非自己にも！

ニヒル爺さん　躰よ、あちこちの棘！

対主体　「わたし」というものにも！　同様なものにも、そしてかたわらにある考え方にも。

非論理学者　おれはそう、が、それって誰だっけ？

人類破壊者　では、調整しようや。おれたちは何人だ？　ジャンデュルフとダメデュルフとケッコデュルフ、ミュルデュル、自分ジジ、こいつクン、オメーダネ、自分キミ、こいつヤロウ、ノソトロス、おいら、こいら、そいら、そしてリュリュちゃん。

穴倉のジャン　自分自身に記念看板を上げようじゃないか。

身体が演じる登場人物の身体　……しかし今私は、他者を『自分』呼ばわりして、そのなかのなかに一人を得て、もう一人別の自分に移り変わるものを全部観察しています。

ニヒル爺さん　ワタのクチが歌う歌、「わしはなあ」って歌、要するに「われのカンティレーナ」だ。

身体が演じる登場人物の身体　「おのれ」って、もう一つのない歌だ。「世界のカンティレーナ」。

人類破壊者　人間よ、誰であっても、おれを避けてくれ！

対主体（一人になって）
ああ、なんたる
動揺だろう
おのれにさえも
同様に
いやなことだな
悪化した他者の
おのれをおそれ
ざるをえないとは！

3　穴倉のジャンが呈している病状

穴倉のジャン　ぼく、人間的感情の試験を受けたが、ちっともできなくて受からなかった。空しい見解のチャットルームに入って、動物たる十字架を、自分の人間たる十字架よりも低い場所に付けてきた。それでも、やつは僕を肉体として作ってくれたが！　そいで、やつに話しかけようとしているんだ！

窓越しの女　動物はひとことも言わないが、無口な考えがたくさんありすぎるからだわ。

穴倉のジャン　その手の沈黙を過大評価してはいけない！　こういうみ言葉が書かれている。

「子供は女にさかさまに結びつけられる、下の方は黒く、背中も首も曲がり……」彼らは互いに血を用いてつながり合っている。

窓越しの女　おびただしい動物的見解におびやかされていますことね。

穴倉のジャン　命は差し迫っている。とはいっても、人間というものは遠回りして命の猿まねをする。ここの競人場において、人間は人間的なものを複製してアドリブ演奏を行っている、「リビドー」人間を作りなおそうと。もし神様がすべてを解決して引き下がっていらっしゃらなかったら、我々は今ほどに困ることがなかっただろう。

窓越しの女　創造主の神様を空にし、褒めそやしましょう、トラパニストたちをも、場違いの者も、偶然たる者をも含んで！「二つ」というものにも、「場所」というものにも、「独眼の犬」にも誉れあれ！

穴倉のジャン　おお、道具物の動物、我が人生の真ん中で身を保っていてくれ。

窓越しの女　では、論告に移りなさい！

穴倉のジャン　その翌日、僕は自分の顔の人間の周囲から立ち去った挙句、神様の自由な創造に入っていき、こう言いました。「あなたはわたしというみすぼらしい肉体の分泌物に面と向かって、立ち向かって降りてこられたが――われはわれであるものだ、と仰せられた」。その翌日、また、やつは僕の腰に噛みついてしまった。

窓越しの女　論告終了。

穴倉のジャン　自分の体から飛び出して、耳に手をもっていくんだが、おれの思考の渦巻も、我が頭脳のありさまをなかなか明晰にすることができないな！

窓越しの女　オリミナルでしょう！　ユリミナルですわ！*

穴倉のジャン　おれはね、精神がいい加減だから悩んでいるんだ。

窓越しの女　じゃ、ユリミナルの薬を飲ませてあげましょう。

穴倉のジャン　よく分からんが、おれ、自分の頭に戻って閉じ込もろうかな……だけど、おれが近づくと、頭は逃げてしまうんだ。

窓越しの女　あの人が近づいていくと、頭は逃げてしまうんですって。

穴倉のジャン　もし君と一緒に行くなら、僕の頭は反個人的思考でいっぱいになるだろうな。これまではそれを守るべき適切な距離のせいにおっかぶせる傾向が過剰にありました。

窓越しの女　あの人が近づいていくと、頭が逃げてしまうんですって。

穴倉のジャン　おお、おれのなかのなかの脳みそよ、お前は身体のなかのなかで感じ取れない唯一の部分だ！　脳みそよ、脳みそよ、お前はおれのソトにあるのか？　答えてくれよ、ぼろぼろした脳みそ野郎！　思考の中枢たるお前はおれの思考の坐る樽なのかい……いや、違うな！　おれの思考は走っているんだから、脳みそよ、脳みそよ、お前が思考の中枢なわけはない。その中枢はおれの両足にあるに決まっているだろ。思考の罠は地面にある落とし穴だ。

（飛び跳ねながら退場）

＊「リミナル」は liminal、フランス語の形容詞で、「識別可能」という意味。

窓越しの女　私の問題はね、できるだけ長く生きることではなく、死んでいることをやめること
なのだわ。
穴倉のジャンの声　「何も映っていない精神鏡《かがみ》に向かう自殺の大賛歌」

4　何も映っていない姿見に向かって

窓越しの女

「夜中のある晩
空間の真っ只中の私
汗だらけになり
鏡を見たら
顔が怖いわ。

足をピンと伸ばして
わだちを残そうと
向こうは木ばかりにみえるけど
でも、振り返ると
みんなはじっとして

気に入らない木だわ！
あたしの姿は
しっとりとして
溶けてしまった、
完全に。
それに息を吹くと
念のために
私が消えちゃった。
体のなかに
いちゃいけなかったのだ」

（台詞の調子で）あたしなのですわ。私を全速力で逃がした人のことなんです。

「なんでしょうね、見てみよう
そのなかのなかに
てぶらでぶらぶら
したらさ、何と！
鏡は私を完全に
左右反対にする

左手が右
右手がどこかに
口だけこちらに！

耳もぽかんと
さかさまな手を
見るとびっくり！
気分転換のために
こう思うけど
この世はやはり
ひっくり返されているの

人間のニンとゲンを
分けて開けると
そのなかの底に
ぼんやりばかり……
自慢そうにこう考えても
いいかしら……」

いたしかたないわ！　人生と闘わなくちゃ！……　あたしなんだから、人のことって。
なるほど、粘土袋にしっかり結びつくべきだったわ！

「すべき、すべきだった
そうすべきだった
そうすべきではなかった
行くべきじゃなかった
何であたしが
この棺に入ってきたのか？」

「死は我がゆらゆれゆりかごだ！」とダレデモナイそなたは吠えるつもりで仰っておました。

「がっかりした
わたくしの顔を
見ながら
わたしは蠟燭をともす
そのなかのなかを

見ようとして！
マッチに突進する
闇をともそう
ただの人生だわ
なかのなかから
照らされて
いいいいい
昼は夜へと禍いするんだもの」

あたしなんだから、人のことって。全速力で命から逃げた。おい、あたしの身体よ、もどどってってらしゃさい！

「手足四本が
むちゃくちゃに
絡み合ったので
『ほどけなさい』と
命令したが、
やつらを抱くと
またもつれて……
あたし、縛り首になったわ

結局、ぽつんと、
それでお終い！」

いたしかたがないわ、綻び油断してはいけない！

「何であたしが
このゆりかんに入ってきたか？
すべての船には
それ固有の
岩礁がある。
その翌々日、
体調悪い感じだ
からさ、からだを
医者に診てもらおう、
このからだはですね
内の住まいで、
お願いします！
だが、診察するお方、
言っておくよ

あんたが思うような
ただ者ではない
あたしの体
もし死ぬんだったら、
魂はすぐに言う、
い、い、い、い、
帰ってきてくれ、と！

六月末に
わらわの母なる地球から
落ちてきて着て着てきたが
安らぎの場はどこにあるの」

生まれたことによって体から体へ転んできました。

「生まれてすぐに
い、い、
死をし始めた
そこが間違いだったでしょ！
だからこう叫ぼう。
もういい、もういいんだ！

地球をいますぐに
ちらっと去って行こう！」

あたしなんだから、人のことって。わたしは全速力で命から逃げた。

「ある六月の十六
日、私は間違って
母なる地球に
落ち転んじゃった」

空間を打倒せよ！

「裏返したら
迷子になるわ
異物異国で
居心地がよくない
から生み替えよう
きみと一緒に」

ここの木の上に。

「屍よ、
あたくしの、
下のばねよ、
いやいやー、
あのあたしかばねは
それとは違うのよ」

人間の穴にささげた礼賛。まあ、大したもんだわ。最上の世界へと眼を覗かしてくれるから。

「解ー放者さま、
縛《いまし》めをとき、
あたしを死から
解放してくれ、
寒いから」

脳みそを手に入れたいのよ、脳みそをもっていたから。足も手に入れたい、だって両足があったんだから。だけど、あっというまに、もう、一本もなくなってしまった。

「で指は全部
広げて、煙を
つかまえようと、
あたしのことを
とらえようとさ、
ついに木だけだった」

あたしなんだから、人のことって。わたしは全速力で命から逃げた。

カタストロフィーの幕

1　ニヒル爺さんのスタンス

ニヒル爺さん　（血まみれの断頭台を抱きながら）

「わしを苦しめる、救いの手よ
やさしく叩き崩しなさい
けしからぬ神のさらし台を
四大要素のなかのなかで私はなにものか
だからあなたしか頼れない
もろい神様だけは救うことができるのだ」

七月九日の今日（公演の日付にする）初めて分かったのですが、わしらと空間の間には永遠の惜別が行われています。ここだ、頭脳の縁《ふち》のところに、修正も回復もなく。アダムよ、貴殿は苦しみの土地です。この骸骨は妻が残した唯一の痕跡になります。命も死も逆転できるのです。わしが心の場に、この氷の塊を世の終わりまで持ち続けます。

人類破壊者　宇宙のなかのなかに転げ落ちましょうや！

福音伝道者　何だ、あのぱかたち？　あのインド野郎は何だ？

ニヒル爺さん　（断頭台に首を載せる）めげんぞ、わしは、曲がるまで。私は名もない客体の物体を主体の主題にするのです。あなたはこの頭に入りこんで、もつれて、絡み合い、この脳みそを三つ編みにし、この思考を消滅させて――この思考に頭を少し戻してください、主よ！　私が冒瀆できませんように、私の口が喜んであなたの創造の礼賛を永久に褒め称えますように！　庭園を持ってきてください、冷たい水と果物籠と一緒に、なお手を洗うのに必要なものも。

（福音伝道者はそれらを全部持ってくる）

2　言葉の小石に

人類破壊者　（小石を並べる）絵をここに書きましょう、祈りはすべてを地面に下ろす運動以外の何ものでもないといった風の。物質は母親だ……母なる我が物質よ、存在をどかしてくれ！

ニヒル爺さん　そういうことはですね、空間の責め苦のなかのなかで行われていて、誰にだって、とくに自分には不可解のままです。「物質、物質よ、わしらに光の目をえぐってください——暗黒のなかのなかが見えますように！」。

福音伝道者　血があるところなら、そこは空間である。

ニヒル爺さん　違うぞい。人間はここの空間に住んでいるのではなく、その陰画にぴくぴく痙攣しているのじゃわ。

福音伝道者　人の顔を仕上げたまえ！　人の顔を仕上げたまえ、頭蓋骨の絵として！

ニヒル爺さん　かくあらしめてくりゃれ、早く！

人類破壊者　片方の耳だけに、もう、黒い物質が聞こえてきた。それが小石だから、重みを加え尽くしてそこに身を伏せよう。これが小石だから、ここに身を伏せて重みを尽くし加えよう。あれが小石だが、勇気がないから名前は言わない、もう。頭の絵を仕上げようね、いつか地中に埋まるから、ふか深く。

福音伝道者　繰り返して、やり直したまえ、恐怖のあまり行動に穴をあけるまで。あるいは——勇気さえあれば——介在者なしにも行動が別の行動を生みだすまで。

人類破壊者　白い手にそって戻って行きたいぜ、人生の背中を利用して行動するその場所に、人生を裏返すその場所に……おれはね、はかないものに話しかけて、沈黙のなかのなかから言葉を削除した。死んだものを拾って、おれの外に整理しなおした、誕生順を守りながら。命を作り上げるつもりで、右の上部から連続してものを生み出そうと、脳みそも思考も輪切りにしたんだ。

福音伝道者　分数の分派に参加したまえ！

人類破壊者　一に！　二に！　三に！

ニヒル爺さん　この世って、まるで一言にまとめたすべてのごろごろぼしだ。人《ひと》生《う》まれのひと群れはここに眠るが、いいことじゃないか。

人類破壊者　「世界の墓穴」って、必ず複数の世界のバケツじゃないか？　せっかいの墓穴って、おれたちのようなものばかりをはらんでいると、うんざりじゃないかい？

福音伝道者　地面にあった石を全部取り除いて、そのかわりに自分の身体の内面を敷くのだ。

ニヒル爺さん　自動人道的児童って感じの命じゃったな、両眼の目玉の二つの穴からわしらを飲み込みよった。

福音伝道者　ああ、洞窟の子供たちよ、諸君の言葉は火作りの小石みたいにお目めから降ってくる。雨に気を付けたまえ！

人類破壊者　いらっしゃらないとわが輩は息苦しいが、いらっしゃるならほっとする！　小生を分泌し、血漿に変えてくださるのだ！

福音伝道者　ここはあなたの穴でしょうか？

人類破壊者　おれの穴だよ、もちろん、だからこそそこから呼吸しているのさ！　ああ、世界をこれから土台、境、境界の形状にして整えてやるぜ、どこでも、ここでも、どこで——言葉の小石としてさ。

ニヒル爺さん　万物の秩序を称揚しながら、小石を合わせて世界を整えよう。ものを理解するためでも、ものを測定するためにでもなく、ものの連続を確定するためだけにじゃ。

人類破壊者　ああ、世界よ！　あらゆるところを整理してやろう。お墓と小石ばっかりだな。

3 競神場をも競人場をも経由したら

福音伝道者 （全員が到着して）競神場にて——違う、競人場だ——競神場において——いや、競人場だ——競神場のなかのなかで——だめだよ、競人場のなかのなかだから——競神場を利用して——ってよりは、競人場を利用してやつらは性行為を行った挙句スピードに身を任せるのである。

人類破壊者 （掌が赤くなる）あなたは何で血が出ているのだい。

ニヒル爺さん （掌が赤くなる）こめかみのところで、わしらの血がドキドキしとるんだぞ。血が身をゆだねる、血が自分を流す。血は供給そのもの、それだけじゃ。つまりチ的な意味など特にはなかろう。

人類破壊者 ここからは、もう何もないところへ導く回路が始まります。思い切りこの道をたどって、世界の終わりまでそのままにしておきましょう！

（何人かの登場）

身体が演じる登場人物の身体 死にまします我らの身体よ、みぞおちを苦しめることを止めてくださりますように。ごく最近、おれの最悪は少しだけよくなったみたいだ、おれの人生よりも早く、素早くしてくれよ、わが命！

福音伝道者　最終的なくろ闇のしろ舞台には首が切られた男が登場する。欲動眠《よくどうねむ》り人《びと》たちとパンツを穿いていないその子供たちも登場する。

非論理学者　自殺は結構気をそそるもんだがな。今頃、リズムに合わせて他界する方法があるかね？

汎神　ごもっとも！

対主体　駄目だよ、そんなことは口にするもんじゃない！　二重に内密にしといて密接に内緒話を話してはいかん！

身体が演じる登場人物の身体　この場合ですな、いつもそうですけれども、やはり、事実と現実の間には何の関係もありません。

非論理学者　何もするな。何もいうな。空間のなかのなかで人間を処分するな。深みのなかのなかに深みを捨ててはいけないのだから。

ニヒル爺さん　時はおのが犠牲によって、死と別れる見事な機会を与えてくれたのじゃ。

汎神　肉体のなかのなかに戻ってくれたまえ。そうでなければ駄目戻しになってしまう。肉体が駄目になってきゅうきゅうする深みに戻ると、ね。

福音伝道者　主体よ、あいつに頭を返しなさい、約束をすべて守ってくれるように！

汎神　肉体が張り裂けなくても済むことじゃないのよ……しかしね……

人類破壊者　真空よ、血の滴を三滴だけ用いておれを自分の体のそとのそとに引きとめてくれ！

ニヒル爺さん　世の中、最期にどうなるんじゃ？　わしら、血の滴三滴を振りかけられるってこと？

非論理学者　おれらの代わりにここにある、胸のなかのなかにいる、岩石と小石で作られた存在の全力をこめて、これからの出来事に逆らおうではないか！

対主体　どうやってここで人間的物以外のものを表象できるかな、人間の肉体をまぶして、だって、別の動物が使えないのだから？

身体が演じる登場人物の身体　黙りなさい！　僕の物体は韻が踏まれるのだ。

汎神　カーン！　コーン！「物体」は「見えたい」と韻を踏む。

ニヒル爺さん　宇宙のなかのなかに落ち転げよう。

人類破壊者　いつの時代にも本格的な人々は人間の匂いを忌まわしく思った。小石を並べてあげようぜ、やつが現れてきたことを我々が嗅覚しないように。

福音伝道者　そしてさっそくなんらかの罪を犯しましょう、率直に、それが目に見える泉になりますように。

対主体　人類に空間を譲っても構わないさ。

4　看板の混沌

（看板の上の上には、非論理学者、対主体、福音伝道者、身体が演じる登場人物の身体、ニヒル爺さん、人類破壊者、汎神は全員、言葉を乱雑に振り回す）

死に―れ―おく―な―離別―たのだ―は逃―を残し―げ道―勢力―は―て―から―生ま

（または）

から―げ道―生ま―死に―て―おく―な―離別―は逃―を残し―れ―勢力―は―たのだ

（ついで、次々と、二つのフレーズは整理される）

死には逃げ道を残しておくな

（そして）

勢力は離別から生まれたのだ

福音伝道者　あなたがたは言葉が物体そのものである、とお考えになっているようですが、それはまたいかにしてでしょうか？

人類破壊者とニヒル爺さん　いかにって、つまり、この言葉があるからさ、「ほら、この小石はウンと言ったじゃないか」と。

福音伝道者　男女の皆様、人類はまた自分をごくごく飲んで、一気に空になった。

5 「カタストロフィーの幕」のエピローグ　辺鄙街道の事件とその物語

――後に、ピオーグル*転倒の場面の歌

穴倉のジャン　（突然現れる）

「毎晩、蠟燭で
なければ蛍光灯で
おバカの母は
こう歌ってくれた
おバカの母は
カバでもなかったが
一緒に歌わせようと
こう歌ってくれた

綱渡りのお父さんは
十分月**エイトの日に
中隊から落ちてしまった
白いままに

恥ずかしくてじっとしていられぬ
首つり自殺したぜ
一人で、まるごと
こっそりと見たけど
三人の血にまみれた
細長い父の顔を

ちょっと近づくと
全身からごろごろ
流れ出る血潮が聞こえてきた。
母は汚れをくみ取ったが
ズボンの穴からでたのは
沈黙ばかりじゃなかったのさ

＊サヴォワ方言によるジュネーヴの別名。
＊＊原文は le mois de néandron（ネアンドロン月）。音として、ネアンドロンは古代ギリシャの月名に似ているが、フランス語の néant（無）とギリシャ語の ἀνδρός（男の）を合わせてできた造語。

だから頭蓋のなかのなかに
自分殺しして
通行人どもの喉をかっ切りながら
静かに過ごせた。

おが屑を撒いて我々の
おらが本性を隠そうとしていたが
同時に血も吸い取らなきゃな、
昔から湧いていた血も。

白い花火が全身の
穴から噴き出たが
あっという間に消えて
埃になって煙となり
隣の家の煙突から去ってしまったな
大事ができるなら小事もできるから。

棘の帽子をかぶった
昼ごろのやつは

柱に縛りつけられ
馬鹿にもされたたたたた
人間なんて、信じられないな
ＩＮＲＩ＊って帽子をかぶったやつは
金曜日だったとも

自己の喉を切ると
『お前たちにあげるよ』と
言ってくれたから、やつの服を
食べたり、その血を飲んだり、
その骨をサイコロとして使った。

おれを手にとって
人間にこねてくれた、そうだよ、
粘土の塊としてさ。
そんな滑稽な犠牲によって
やり方を教えてくれたよ、

＊ラテン語 Iesus Nazarenus Rex Iudæorum（ユダヤ人の王、ナザレのイエス）の頭文字。

最後に扉をすべて開け直して
戻ってくる方法を。

ゴルゴタの屍衣から
キリストは立ち上がって
死の外へと昇華していった
――くるくる回って――
『幸福の罪《フェリックス・クルパ》』と言いながら
アダムの頭蓋を
踏みつぶしたぜ」

死を殺せ！　殺せ、死を！　死を殺すんだ！

「それにもかかわらず……
いろんな有為転変をくぐって
孤独な僕を追いかけられていた……」

汎神

ちょっとお待ち。要するに、一九五九年十一月七日に、ピオーグルという町に導く道において、ご両親がジュネーブという町で無駄な買い物をしに行った間に、メナン氏という、私たちが借りていたピオーグルという町のピオーグル街道50番の一戸建ての大家さんのご主人が、夜の十二時か十二時十八分になったら、ヨーグルトの形をとった素晴らしいデザートが出た瞬間に、三階のところで、自分の喉を刃にかけてこういうような鋼鉄の大きなメスをこういうふうに切った、という意味ですか。あるいは、あんなふうに？　それから血が階段に流れ落ちてきたとか、あなたのおじい様がやってきて、おが屑で死体たちを隠そうとしたってことですね。

他の他者たち　黙れ！　ここに証拠があるぞ！

穴倉のジャン　主よ！　斧を振るって僕の贖罪たる頭にとどめを刺してください。頭に斧の一発を打って落ち転がしてください！

（彼は逃げた。提出された証拠のなかには一握りのおが屑もある）

6　のこぎりで四等分に切られた女

（運ばれてきた女は、残念ながら、のこぎりで二等分に切られてしまった。奇跡的に、頭からも、足からも言葉が出られる。かつて歌っていた窓越しの女だ。台車は二台操作されている。一台目には窓越しの女の本物の頭が載せられている。もう一台には彼女の足とされているが、実は穴倉のジャンのものである両足が載っている）

福音伝道者　ちゃんとした立派な、五体満足な傷*を連れてきておくれ。

汎神　思い出したけど、昔のディクテーションはこういう風に始まっていた、「祭壇はエルサレムにあったが、いけにえの血は宇宙全体を浸しました」。

ニヒル爺さん　二去法と四去法**の連続にすぎないのだ。

非論理学者　人間の身体を片づけたいなら、まずそのなかの中身を覗こうではないか！

窓越しの女の首　あたしの首はまだしゃべれるわ。だけどね、もしあの話が本当だとすれば、あたしの屍はそっからどうやって出るのよ？

ニヒル爺さん　ははん、声が生き残る女じゃ。

窓越しの女の首　男でなければだけどね。

非論理学者　男には無が含まれているから。

対主体　彼女をハンダ付けで一人にまとめなおしてあげようか。

窓越しの女の首　男には巻くための煙も含まれているわよ。

ニヒル爺さん　ああ、彼女の足も喋れるとよかったのにな！

窓越しの女の足　「男には巻くためのけむりも含まれているわよ」

ニヒル爺さん（皆と合わせて）　のこぎりを歌おうのお！

窓越しの女の首と、窓越しの女の足に見えていた穴倉のジャンの足の反対側に突然現れた穴倉の

ジャンの頭　多色病院へ！　多色病院へ！　B八番の延命装置を取り外すな！　B八番の延命装置を取り外すな！　Bエイトの延命装置を取り外すな！　Bエイトの延命装置を外すな！

ニヒル爺さん　八番の穴に近づかなきゃ、はっきり見えねじゃろ。

窓越しの女の首　B八番の延命装置を取り外さないで！　お願いだから、Bエイトの延命装置を外さないで！

対主体　彼女の延命装置を取り外すべきじゃなかったよ。

AのジャンとMの女の首たち　B八番を取り外すな、七番も、一三八番も、八〇二番も、三番も……誰に抱かれて眠るのよ、なにに、なにの、なのに、にに な、なのな？　な。に。ぬ。ね。の。なのねぇ？

穴倉のジャンの首　我々は二本の管が貫通する主体であるのである。Aの管があれば、Bの管もある。ああ、我らが肛門よ、外の世界へ通じる戸口である肛門よ、これからもおれらに耳の言うことを通じさせてください！

7　故人礼賛

福音伝道者　「リュジニアン公ってひとは

＊原文のフランス語 plaie は「災」と「傷」の二つの意味を持つ。聖書では「十の災」が『出エジプト記』12、1—28に書かれているが、五つなら、むしろイエスの手足と脇の傷を思わせる。

＊＊（算数の）九去法のもじり。

家族三人で一人生き残ったが
自分のことをリリ・フフィアンと呼んで
犬の首に綱をつけなかったんだ！
コカーニュのデデ君と組んだ時
変なバイクに乗ってたんだけどさ！
下手下駄《へたげた》をはかず
スニックカーをはいてたぞ、格好をつけて
——控え目にだけどね——
腹股のクレグレが暮れると
やはり香水を
匂わすやつじゃなかったな、
リポニュの香りの！」

ニヒル爺さん

「メリュジーヌって女は
マンドリンの名手だが
『コルシカ』などを上手《うわて》で弾いていたよ
カブの皮をむきながらも。
人々は無断居住者である彼女が朝方一人だった時
綿のなかのなかに頭を突っ込んだぜ……

サツはさっそく
マリー＝フランソワ・ダルピオン法律に準じて
女を連れ去った」

福音伝道者とニヒル爺さん
「シャルコロミタール大通りにて
アンドレロ・ポトロ・メノリトロどどりーの
ビビ・レ・ムーリノ村にて！　プレシ・ビセートル市にて！」

福音伝道者　アルフォルヴィール市マルセル・リュトロー大通り一三九番、左向き三階をお願いだ！

ニヒル爺さん　ヴィトリー・ル・セック市情熱家の堤防五九番！

福音伝道者　「彼女はそいつをサモワール君と呼んでいた
ベーコンとキャベツ煮込みの匂いがしたから
ボリーバル広場にて……
表も裏もプジョーの車に
彼がひかれてしまうまで！
布団《エアーバッグ》付きのやつで、
公衆便所にある広告みたいな。
彼たちを僕は毒ケツと呼んでいた、
ひどく醜いと思っていたから！」

ニヒル爺さん　「怪しげな世の中でぐずぐずして、
口からでなけりゃ何も言ってなかったが」
窓越しの女　（遠くから）
「エルバールメ・ディシ、ヘル・ゾ・ヴィー・ゾ*」

身体が演じる登場人物の身体　最後の質問になりますが、「お互いの頭に住みつくのは可能なことでしょうか？」

汎神　お分かりになったと思いますが、これはマルカデ通りの恋人同士ですよ！

第1のかくかくしかじか発言機　かくかくしかじか発言機の通信です。チューリップの都は本年度のバラ冠少女を選びました、タンバリンの伴奏が聞こえるなかのなか、ポール・パンタロンがお伝えいたしました。

第2のかくかくしかじか発言機　かくかくしかじか発言機の通信です。オーセール市で生まれた若い女性は祖父の遺体をずっと運んでラヴェンヌ料金所から高速道を歩くという快挙をなしました。オレロン島の狂暴人は自分の命を絶ちました。犠牲になった一四〇人の子供どもがここに順番に並んでいますのでご覧ください。生々しい血にまみれたマリー＝オディール・ブーシューがお伝えいたしました。

第1のかくかくしかじか発言機　爆発の目撃者は災難を逃れた喜びで爆発しました。ヴェロニック・クランパン記者がお伝えいたします。ガンガンのチームはガンガンのチームを0対0で破った挙句、0対0でガンガンのチームに負けましたが、全国的に雨になりますが、他は晴れでしょう。ラ・パット・ドワ・デルブレ岐路で見つけられたとされている本当のような偽のような八人の遺体については四人が偽物として暴かれました。タールマックから、エリザベット・カリブー、ヴェロニック・グロビュ＝パサヴァン、ヴィルジニー・ポワトラソン、ベルナデット・ヴァンティミーユ＝ビュロがお伝えしました。

第2のかくかくしかじか発言機　ベタニアにおいて、ナバテオ・ナンブリード軍はフタタビ少佐に指揮され、自分の影を敵軍と間違えて、夕暮れまで激しく自己と戦い続けました。

第1のかくかくしかじか発言機　やつれ、やせこけ、水を飲みたくて体が震えて、腹が減ってたまらなく、胸の両側から骨がひどく出っ張って、目が深く眼窩のなかのまん中の奥の底に埋もれた、ビュルゴンド義勇軍の少年団は、先ほど、ルクセンブルク国境を越えてしまいましたが、群衆の嘲弄を浴びてすぐさま処刑されました。それに対して、賛成と反対は過大評価もされておらず、過小評価もされていないようですが。ただ、ジャン＝クリストフ・バリュロー大統領がどうなさっておられるのかということだけは？

＊ドイツ語。Erbarme-dich（憐れんでください）はバッハの『マタイ受難曲』（BWV244 第39曲）からの引用だが、続きの Herr So-wie-so（何某《なにがし》さまよ）は原文の Mein Gott（私の神よ）を置き換えたもの。

島の幕

1　各自勝手に逃げよ！

身体が演じる登場人物の身体　（急に他の人から離れて、レントゲン写真を振り上げながらその場を走り回る）先生！　やはりそうだと思っていた！　僕は死ぬことを終えたくない、まったく、始めてもいないのに。ぼくは、後、どのぐらい歌を歌えるんですか。

ニヒル爺さん　（医者を演じて）さぁ、八曲ぐらいは大丈夫じゃないかな。

身体が演じる登場人物の身体　僕の命は、もうおしまいか、マジで？

ニヒル爺さん　じゃ、今度何を歌ってくれるのかいのお、おぬし？

身体が演じる登場人物の身体　『大地の大通り、騒がしき村に向かい』

ニヒル爺さん　じゃ、今度、何を教えてくれるのかい、ねぇ、ボリュドー君？

身体が演じる登場人物の身体　『紆余曲折の喜び、不条理の女にささげて』。徒然なる不条理メドレー、腐っているけど、『障碍への招待』。くさくさポプリの鎖、腐敗しているけど。

（歌う）「障碍、障碍、しょうがないな！」

『至高善の歌』、『神様のワルツ』、『鼻が利く歌』、『自分を捨てて死んだブールヴァール』、『おれの頭を遠ざけておいたお母さんにささげて』、『息もたえだえの方の歌』、『むかつきのシャンソン』、『自己異人観察のシャンソン』、『本質《クイディタス》って何って食いつきの悪い歌』。

ニヒル爺さん　新しいのばかりじゃな。

身体が演じる登場人物の身体　違うよ、みんな同じさ。

「満面毒の鍋に入れよう！　満面毒の鍋に入れよう！」

「自分大通りに、自分大通りに
自分大通りに、自身大通りにて！」

『生きている者どもへ、飲んべいの歌。自分自身にささげた、自己思考の人間賛歌』。

「先日、気がつかず人にぶつかったが
倒れたのは自分の上にだぞ、すごいだろ！」

『スクラップのタンゴ』

「先週おれは見張りに立っていたが、
怠慢の行為とはいえども

ふいに雌の人に出合って
　一緒に話しだす、
　障碍、障碍、しょうがないな！」

『自分に劣らない声量で歌える千篇一律ミュージックソー』、きゅーきゅーぜーぜーんのジャンジャン演奏。十四番その二、または十五番の歌謡、または歌だね！　十四番その二の歌謡、十五番の歌は、だらだらくたくたのジャン演奏の『死もいずれもずるいぞ』。

「死もいずれもずるいぞ、死もいずれもずるいぞ！
　肉体を離れて、土に倒れて
　蒼穹《あおぞら》に向かって昂揚せん
　チョー素敵なことだわ」

私はこの地上にいることを否定し、こういう言葉を口にしていることも否定しています！

「自分たる人間存在を少し開けると
　そのどん底の底には何もないみたいだな」

『ノントロッポイドたちは誤りを生きています』、罪深い歌詞であるが、生理的回転の歌でもある。

「なんちゅう悶着だ！　なんちゅう騒ぎ！
なんちゅう混沌だろう！
僕は憤慨して、感嘆して、
爆笑しちゃってたまらない、死ぬほどだい！」

『続きを言うには証拠が欠けている』

『葱付きのワルツ』、リポトン演奏。『大事なイヴェットちゃんを見失うな』、ベルテューニュ演奏。『杭の未亡人』。『アルザス式のバレエダンス』、

『他者に反対する歌』、自分自身のための歌だけど、これ。

ニヒル爺さん　『僕はね』を歌えば？　ヤマ勘の歌じゃけん！

身体が演じる登場人物の身体　僕はね、『カンカンの歌』を歌いたい、肥満で満足の歌だから。

「おれは世界一

でかいチビだぞ
こういう風に歌えば
皆逃げてくれるだろ！」

『スープに浮けば』、ちょっと禿げになりそうな歌。

「受胎されたのは穏やかな
五月の怪しいお遊びパーティの時だが、
発見されたのは十一月十二日で、
血まみれの僕はお袋艦艇の穴の外に出た！
漂流する……小舟の……船尾に立っっっっって
自分のなかにも自己のなかにも
意味も岸もなさそうと思ってきたあああ
一人ゆりかごに籠って
こっそりと大きくなったが
——ひっそりとずるずるって
いいいいいいいいい、
こっそり身ひそめ、手管使って、
隠された食いものを喰って
いいいいいい、
神経向性薬も喰っていた！　リモージュ風の……」

おれやさー、フフフッ、スープ、にうーった、をかけちゃったけど、グール・ブネーズ風にね。

ニヒル爺さん　わしの頭のなかのなかに泊りにきてもいいぞ。

身体が演じる登場人物の身体　基本ヘロデ露呈、ごった煮のメドレー、腐敗しているけど。

「体はベリーマッチだが、人はマジぼろぼろ、
きみの体はスンゲー便利な穴じゃ
と、ヘロデ大王にハエが言った」

……足をいれ込む直前の瞬間だったぜ、あけっぱなしのでっかい口のなかのなかに。

「屁をひろうで、と
ヘロデ大王はわめいた
いいいいいいいいいい
そしてハエを呑み下したさ
大王はハエを食べちゃった」

やはりハエをつぶした！　ブーツでもかかとでもなく、声門破裂音の一発をやってつぶしたよ、扁桃腺っぽく！

「よーし、幼児虐さ一つの逆説だ！」*

いまもまだお聞きになっている方々、この歌を贖罪のロゴスにささげたいと思います、そして妹様の聖母訪問にも差し上げます！（お許しください、主よ！　主よ、お許しください！）これから少食主義者が歌う黄金の歌を歌います。

「わたしは幼児っぽいジャンの家に泊ったことがあるが、
死食主義の大通りの
生き物飼育所に、死んだ物飼育所に、
墓地物飼育所に、要するに故郷に」

「ある日、ある死人は、歯でいっぱい嚙んで嚙んで
掘って掘って墓を空にした
少しも残らず
そして真っ裸のままで日光のなかに出てきた
命を掘り続けて
棺のそとまで！
ある日、ある死人は、自分で立ち上がって
こう言った、まずいな！　経帷子のパジャマを忘れちゃっ、ちやっくしょう！

おれの棺のカギをどこに置いちゃったかわからん！」

ニヒル爺氏　「いつの日に、どっちみち
死んでぃしみいでぃろう
みもなき、ねにも見ねー
死人になりきり

身体が演じる登場人物の身体　やー、それさえも、もう見えないだろう、ボルドー君。
ニヒル爺さん　「しっかりしなさい、やらゆるものめ！
上り坂に向かってよろめくんじゃない、
ここには大したものもないから
吸いこもうとするこの穴から逃げるんじゃ！
もう泣くのをやめい、弁明の時間ぞ！
しつこくも悩みをどがんどがんと打ち明けい！」
身体が演じる登場人物の身体　もう人間を辞めようかな。
身体が演じる登場人物の身体　（鐘を鳴らしながら）
「人間の粘土を知らない？　どこに行ったか

＊ヘロデ大王はイエス誕生の際、その日で生まれた幼児を多数殺害したとされている（『マタイによる福音書』2、16―18）。

アダム自身が作られたあの粘土は？
って言葉の粘土……ってことをした粘土……
ってものを作った粘土……
って生地を織った粘土……つまり全員を
土である粘土は、我々を呑……
土である粘土は、我々全員を
水むしっちゃったのよ
いいいいいいい

福音伝道者　あの人が怪しげな世界のなかのなかに眠っていた時代のことです。すでに後ろの穴
から風を吹いてコトバしましたが、口のなかのなかのなかにある言葉を思い出せませんでした。

身体が演じる登場人物の身体

「そのあいだずっと絶え間なく
アダム爺ちゃんの赤旗をば、いざ翻さん！」

『カスタネットにて』、フィランドロー演奏、周縁音響の歌。鳴れ、鐘がねよ、鐘むらの
鐘よ！　なるんだ、今という時代の鐘がねよ！

「ほら、おれのべろを見たかね、ここに垂れている。
このアダム爺ちゃんのフォーク万歳！
（舌をいろいろと動かす）

べろは何も言いたくないからなかに籠もる
べろは自分だけに付き合ってなかに籠もる
外に出ると、寒いわ、としか言わない
べろがうんというと、自分という意味だ
べろはあそこのなかのなかのなかの底に入れば
いい
だめよってわけがないともさ。
でもべろは動かないと名前を言えない」

身体が演じる登場人物の身体　それでは、なお、死のうちに素直に寝よう、頭を下において、足も下に。『体の吸い込み穴』、潜るための歌だ。


（荷車に乗って横になる。

「横の賛歌」

ただ台詞の声で、目も非常に大きく開いた）

身体が演じる登場人物の身体　地と水の上に天をつるして下さったお方はさらし台にかけられておられます。

夜空に星々をつけて下さったお方は、今、はりつけられていらっしゃるのです！

「目に見えないお方」は見えました。「裁き手」は裁かれました。

「不可解なもの」は把握されました。「不死のもの」は身まかってしまいました。

「天上のお方」は地のなかのなかに埋もれていらっしゃいます……

埋もれていらっしゃいますよ、夜空に星々を植えつけて下さったお方は。

2　初めに

人類破壊者　（歌う人物の顔にベールをかぶせる）消えなさい！　主よ、この人を導いてください、死の方へではなく、生命の方へ！　地面に寝るのではなく、踊るのです！　この人がここにある板をつかまえて歩き出しますように！

（身体が演じる登場人物の身体は立ち上がってから、跳躍して退場する）

初めにかく申されました。「光は光れ」と、そして光は光りました。こう仰いました。「日は昇り、夜になれ」と、そして日は夜にならせました。かく申されました。「無は空である」と、そして無は空《から》になりました。こう仰いました。「人を作って天敵を仕上げよう」と、そして人は現れました。人をご覧になってからこう宣いました。「あまり似ておらんな、人というのは」と。そして人はこういう風に応えました。「そうですよ、僕は人に似ていません」と。人は似ていなかったので黙りました。人が何も言っていなかったので、こう申されました。「おい、何で黙っているのだ、きみ？」と。そして人

（踊る）

は「いや、僕は似ていませんので……」と言いました。人は光を嫌いましたので、「光はいやみだ」と言いました。さらにおがんばりになって動物もお造りになられた、動物という動物……それに名を与えた人はたった一人でしたが、名をちゃんとつけました。終いには孤独を感じてこう言いだしました。「みんなに名をつけたが。いやぁ、暇だな、もう！」。そして眠りに就きましたが、夢を見ていた間に女というものが人から引っ張り出されました。眼を覚ましてこう言いだしました。「女を作り上げてもらおう！」。すると、自分から女が引き出されてしまったのです。それを見て彼は言いました。「生きているな！　お前は生きているじゃないか！」。二人ともその庭園のなかのなかを何も知らずに散歩していましたが……不意にとある声がこう言いだしました。「おい、きみたち、何でも知っていると思っているみたいだな。だが少しだけ死・ごとをし・たら？」。男は自分を解きながらこう言いました。「自分を解いてやる。自身を脱いでやる。裸になった人になったので降りてもよい」。脱落しながらひとりこう言いました。「脱落しているな。肉体でできたものになったばかりなので、こわいこわい。自分から動物を解いてはこわい、裸になった人になったから、そう言ったでしょ」。脱落すると、人だけは脱落しているなといえる。だって動物のなかのなかで僕だけが死ぬんだ、と言ってその通りにするんだから。

おのれが言いだすことは誰も聞くな！　おのれがやったことは誰も見たとはするな！　空間は我が言葉を襲い始めて、「とびら」という単語から始まった、ないと入れないからさ。静かにせよ、静かに、といっとるだろ！　おのが思考よ、黙れ！　自分が我自身と面識がないようにしてくれ、もう、真正面からでも何でも。さまざまな世界が足元に流れて行ったり、板張りの床が沈みこんだり、時間がこぼれたり、人生の板張りも我が身の下から崩れ落ちたり倒壊したら……世界の名残よ、餌としておのれの体に大地があたえてくれた光をお前に返してやるぞ！　この石がなくても我が体は生きられるが、にもかかわらず、この石は我が輩の代わりに生きることができない……空間が奪われたら、おのれを救うものはどこからやってくるのだろう。

福音伝道者　今入ってきてもらおう、沈黙を演奏できる三つの音たちに。角も金も木も……金の楽器を吹きなさい！　木の楽器を吹きなさい！　角笛を鳴らしなさい！　恐怖を響かせよ……まあ、まあ、これから、肉体に話させよう。

人類破壊者　金管の幼子による預言、木管の幼子による預言、カンカンの子に！　管だ、ただの管だったのか、じゃ、管《くだ》の子による失語だ。「ル・アーヴルで犯された大罪は三つ、ではなく四つ！　それにかんがみて判決を下しておくが、取り消しはないぞ。あの人たちが剣を振り回して兄弟を追いかけたり、自分自身の胸のなかに憐憫をすっかり押し殺したり、怒りを込めて戦い合っていたり、かんしゃくに身を任せてとどまるところを知らなかったりした上で、レンヌという都市に向かって火を放ちおく。ニース、アジャン、ボルドーの都では宮殿が破壊された。テリトリーを広げるつもりでアミアンの都市において妊婦全員の腹がえぐられたために、ヴァレンヌの城壁に火をつける。その宮殿も焼失した。ニーム市で犯された罪は三、ではなく四あって、それにかんがみて判決を下しておくが、取り消しすことはできないぞ。セルジー・ポントワーズ市の王様の骨を燃やして石灰にしてしまったために、ベルフォールという都市に向かって余は火を放ちおく。隣のモンベリアールの市民が建てた宮殿はすべて焼失した。ヴィリュー・ル・グラン村は滅びる、喧騒のなか、凱歌の叫びのなか、角笛の音を伴って。村の裁き手を倒して、その村長全員も一緒に殺しておく」と、管の子は預言なさった。住民を三班、A、B、Cに分けて、さらにそれぞれのB班を三人のD、E、F住民に分けて、さらにそれぞれのF地帯をも三人のI、J、K住民に分けたという咎で、サン・シャモン市の災いを願いおく。市役所にはもう亀裂が入ってしまった！　誰が遺産を相続すべきか、を確認するつもりである死体を発掘した咎で、マルヴジョルス市の災いを願いおく。郵便局はもう略奪されてしまった。命を下水道に流した咎で、リモージュ市の災いを願いおく。堂々たる駅舎は、自慢の種だったのに、もはや瓦解せり！　死体から受けた、死をもたらす骨髄をわざわざ病人に移植したために、サン・ブリューに災いを願いおく。ル・グーエ川とル・グーエディック川はもう増水し、氾濫、町はもう沈没せり！　ルーダン市のロータリーは粉々に散った。アヴァロン市の綜合スポーツ施設は火に包まれた！　犬に子供と同じ扱いをした咎で、マルセイユ市に災いを願いおく。そのへリポートはいまや泥沼と化しておる！　クエン基酸カルボリン酸塩が入った空気を四歳の子供に吸い込ませた咎で、フェザン製油所に火を放ちおく。多目的劇場はもうお互いに閉めあってしまった！　タナト酢病原菌や多変生命薬入り水を乳幼児に飲ませた咎で、トゥールーズ市に火を投ず。そのきざな構えの建物はもう破損してしまった！　子供にふさわしい愛撫を犬に呈して、美味な缶詰料理を動物のために調理した咎で、ヴィトロール市の災いを願いおく。その浜辺はもう乾れ果てり！　男の裸を女に売ったり、女の裸を男に売ったりして、節度を守らなかった咎で、ル・ペルー市に災いを願おう。その城壁はもう砕け去った。サント＝ムヌー市に災いを願いおく、中央広場のグランド・ホテルは全焼している！　ビアリッツ市の災いも！　駅前広場のデラックス・ホテルは略奪中だ！　ライセンスを持たない八歳の子供にジェット機を手に入れさせた咎で、ル・マン市に災いを願いおく、市内の車修理工場はみな火に包まれておる！　カエルたちにカエルのくず肉を餌にやって、そしてお金を多量にかけて喉を乾かすような水を撒いてしまった咎で、オービュソン市に災いあれ！　通常よりも一つ多い穴を持つ女との結合を勧めた咎で、ロアンヌ市の災いを願う、市内の倉庫も、展示会場も土に帰した！　鱗で全身覆われた哺乳動物をその母親の乳のなかので三回も煮込ませて、その料理を水陸両棲の鳥をつけ合わせて食べた咎で、サン＝テティエンヌに災いあらんことを。フュラン川は氾濫し、私立貯水池は枯れゆき、元炭鉱の博物館にもうつろな音の響きだ！　ベテュヌ市の災いも、ベテュニョン川も氾濫しているではないか！　一人の人間から二人を作ろうとした咎で、ラ＝プレーヌ＝サン＝ドゥニ市に災いを願いおく、市内のガソリン・スタンドは今や黒焦げ！　人から空気を奪おうとし、呼吸するものの息を奪った咎で、シャマリエール市の災いを願わん、市内のフィットネス・センターは崩れ、カテドラルも粉砕だ！ル＝ヴェジネ市にも災い！　アックス＝レ＝テールム市にも災い！　シェルブール市にも災いを！　意志なきイッシ＝レ＝ムーリノ市にも災い！　パリ大都会にも災いあれ！　トゥーロン市よ、恥を知れ！　カーニュ＝シュル＝メール市よ、恥を知れ！　恥を知れえ、おれの仕事を奪ったクラメシ市よ！

（カービン銃一発で、人類破壊者、倒される）

3　脱空間の歌

息を吹きかける精霊

「ある日この世で
うまく切り抜けられぬ自らの身体を見て
（台詞の調子で）あら、ぴったし！
こう考えた、おれの死骸は
眠りだしたのじゃないか。
遠近法に横切られて、
連れ去られたい、この川の対岸まで
あそこの向こうまで広げて

行きたい、行けるなら」
おれらはこの世のなかのなかにいるが、ここの世のものではない。
「物質、物体
みずからの光の眼を取り戻したい
暗闇のなかゝのなかゝのなかが見えるようにさ
ある日、死んだ人は
こう言った、土を掘りながら
歯を研いでやるぞ
フュルジャンス川のほとりで
パリっ子の青空が広がるようだ
あそこへ狂気から逃れようと
病院に避難したけど。
もしその場所が歓迎して
扉を大きく開けてくれれば、
何といってもおれはさ
宇宙に溶け込んでいきたい。
障碍から産まれた子供たちよ、
あのビストロを思い出しておくれ
子供の頃、若かった僕たちが

頭脳袋で遊んでいたビストロを！

存在したくないから生きてしまってきた
十二回も高いところから墜落して
窓から飛び込んでジグザグを描いたが、
頭脳のなかはまっすぐのままよ。

時間は広げられるぜ、ここからここまで！
空間は確かに
場違いになった
生も死も逆転できるが
人間は最悪の有害動物だから、
他者に気をつけるべし。

個人は、（台詞の調子で）分割されよ
通行するものは、なかの中に何もなかれ
失われたものは、捕まえろ
持ってもいないものは、くれたまえ
人像崇拝者よ、人造奴隷系よ

あんた方のほうへ逃げろ、全速の時計を首にかけ！
──首をつるにはそこだよ！
──ここだよ。

猿人くんがピテカントロプスくんに会った時
大声で叫んだ。
人間ってなーに、って。
だけどサルくんは何も答えなかった。
──おれはねぇ、サルに言うことねーな、
時間がねーからねぇ、だって。

なぜかね、空間はおれを脱空間化すると、
時間も自分の勘も感じない
──それどころか──
時間はもう少ししかンないからな時間はおれを車の窓から捨てて
空中の遠くへ投げ飛ばそうとする、
ここから遠いところへ！
もうどっちか分かんないな、いててて、オエース！
脱落してるのか、逃げてるのか
楽屋へと？」

3　預言

福音伝道者　ヌヴェール市に災いを。その名前には、人の口から発せられる資格なんてもはやないのだ！　人間を切り分けて、エイトウ分に、六等分に、十二等分に——犬のために珍重で高価な餌を調理したが、よその人にパンもあげなかった咎なり！　堆肥を材料にしてパンを作った咎だ！　サン＝ナゼール市に災いを願いおくぞ、高速道路は、どこにも向かっていない方向と交差してしまった！　母に娘の胎盤を食べさせた咎で、アルビ市の災いを、市内の冷蔵倉庫はからになった！　言葉と言葉を混同して、知らないうちに女と結びついた咎で、ダンケルク市の災いを願いおく、地元の駐車所には出口が見つけられない！

（かくかくしかじか発言機たちの捨て台詞《最後のスタンス》）

第1のかくかくしかじか発言機　倫理を試練する耐久テスト。環境の変化を求めるか、自己超越のつもりか、または単に運動が好きだからか。そうした動機は、ジェラール・フュジー主催の「エルフ＝オーセンティック＝アドヴェンチャー」*という機械化耐久テストの

*エルフ (Elf Aquitaine) は、フランスの石油会社。トタルフィナと合併し、トタルフィナエルフとなり、同社は二〇〇三年にトタルと改名した。エルフは二〇一二年現在トタルの一ブランドである。

参加者に共通しています。とはいえ、この競技には、訪れた地域の住民にささげる本格的な人道活動も含まれるそうです。耐久テストの第二回目は今年の四月にブラジル東北部において行われました。写真をご覧ください。

第2のかくかくしかじか発言機　と、かくかくしかじか発言機はか、く、か、く、し、か、じか、発言しました。

稲妻の幕

1　突如、生け贄をささげるアブラハム*の登場

身体が演じる登場人物の身体（アブラハム）　これから、人間の絶滅をめぐって我々が犯してしまったすべてのことを、紅の起源にささげたいと思います。

汎神（イサク）　人間の絶滅を完成させて下さい、きわめて有害なものですので！　そしてわたくしは血液の前に行ってこう言いました。——お父さん、最大の犠牲をおこなうことをようやく決心なされましたか？

生け贄をささげるアブラハム　ああ、決心はした。もう夜だ。

（夜になる）

*ジュネーヴの詩人テオドール・ドゥ・ベーズは一五五〇年に、フランス語で書かれた最初の（ギリシャ・ローマ式の）「古典」悲劇『生け贄を捧げるアブラハム』を発表した。

息子イサク　我が父、アブラハム、私は怖いのです。
福音伝道者　違う、違う！　『イサクの信頼』を演じるんじゃない！　むしろ『プルチネッラの最後の眠り』をやってくれ！
息子イサク　我が父、アブラハム、我々は、何者を使ってあの凄まじい行為を繰り返すつもりですか？
生け贄をささげるアブラハム　息子イサクよ、この柴の束を持って行きなさい……。羊はね、不意にその喉を切ってから、丸ごと焼くのだ。
息子イサク　分かっています、お父上、分かっていますとも……。
生け贄をささげるアブラハム　では、我が息子よ、何者を使って我らは紅の饗宴を行うのか？
息子イサク　お父上、生け贄をささげましょう。でも、羊はどこですか？　私には見えませんけど……
生け贄をささげるアブラハム　羊はいないのだ、息子よ。だが、柴のなかのなかにボトルを隠しておいたから、この酒を飲もう。

（酒を注いで飲む）

2　ハリツケ叔父さんには木のつばさが付いているみたい

（第一の登場退場）

対主体　（しばしばハリツケにされる）なんだ、この拳骨の雨は！

非論理学者　アントロポパントロプスが登場する。

対主体　神様が身どもからその身をお引きになったら、何が残るのだ？　敗北の観念だけか。

対主体　ああ！　なんたる拳骨の雨だろう！

（第二の登場退場）

非論理学者　ほら！　アントロポデュールがやってきたじゃないか、その妻のハガネと一緒に！

対主体　我々には、空間を二つに分けたり、左にも右にも同時に向かって走ったり、真ん中に落ちたり、同じ真ん中のなかのなかのなかに何かを探しに行くことなどできない。そうさ！　けど我々は自由なんだ。

（第三の登場退場）

非論理学者　ほら！　アントロポデュールがやってきたじゃないか、その妻のハガネと一緒に……。おい、アントロポデュールくん、おれはね、自分自身の乳を飲ませてから、お前を八回も火あぶりにした、それなのにまだ生きているのかい。
対主体　僕はさ、ずっと、数日前からここに着いているんだが。
非論理学者　おお、神様がこの人に存在する時間を下さいますように、可能なことなら！
対主体　神様にいただいている空間を食って栄養をとっているね、僕は。つまりね、空間を糧にしているのさ。
非論理学者　アントロポデュールくん、もういいから、どきな！

（第四の登場退場）

非論理学者　アントロポパンドリア病にかかった人、登場。同様に、ネアンドリア病にかかった人、退場。
対主体　僕はね、人間が無人になるまで生きてきた。

（第五の登場退場）

対主体　……ちょっと、一掃きしてよ、奥さん、箒の柄だけでも、お願いだから、僕を滅亡させてくれ！

（第六の登場退場）

対主体　これはね、ちょうど僕に殺されてしまった刃《メス》だよ。これで、僕らは貸し借りなしなんだ。

非論理学者　先の登場人物たちの霊柩箱は届いたのか？

（頭脳型の木箱が遠景に置かれる）

対主体　（ここで実際にはりつけにされた）これはね、棺じゃなくて、頭脳型の木箱なんだがね。僕はその板にはりつけにされたのではなくて、言葉に釘を打たれたのだ。人間を抱えているんだよ、僕は。手を広げて、自分の体を十字架にしてね。本当に、この僕から取った塊の上に、この僕でできた木材でもって。

非論理学者　（釘を打ちながら）お前に物体をくれてやる。

福音伝道者　よーし、今こそこの人間を四つに切り開きなさい。それで、どうだ？

非論理学者　血を洗わないと。

福音伝道者　血を洗うなんて、できないよ。洗ったら、水になっちゃうよ。

対主体　「モノの現実にかんがみて」……こだまによる思想家たちは独り言を言った。「モノとは、こだまによる思想家の独り言を示すのだ。

（対主体は直ちに解放される）

時間紛争

福音伝道者（人名の嵐をまき散らす）　**への字型の子**　あなたでしたか、早々様？　**文法上の子**　おお、早々様とその仲間じゃないか！　**魂食いのジャン**　クサハラ家のお嬢さまはどうしましたの？　**ＩＲＱ**　セラトプス先生はいらっしゃっていますか、もう？　**パンテュールジュ**　ポーラン！ポーラ！　さあ、おいでよ！　ポーリネ！　パスカタン！　**ヴォルト叔母さん**　じゃ、クロポボアストルの奥さん、ね、あなたはどう思う？　ムナシ船長が来てくるるのかな？　マヨウ船長もマイソウ船長もまた来てくださるるのか？　**時間食いの子**　逃げ道がないから、入って、すぐ出なくちゃ！　**への字型の子**　自転車競技選手《サイクリスト》のロビック＊はもうたどり着いたのでしょうか？　自伝者狂気選手《サイクロニスト》のデュファンピューもついたのでしょうか？　今、どこにいますか、ソフィー・シックノードさん、たった一輪だけの一輪女子選手？　**顔ぎわの女**　ねえ、マルシアルくん！　ロベ

＊ジャン・ロビック（Jean Robic、一九二一年六月十日―一九八〇年十月六日）は、フランス・アルデンヌ県ヴージエ出身の元自転車競技選手。

ールくん！　ロベール・マルカヴァルくん！　ジャン＝ロベール・マルナカルくん！

クロノデュール　エレジー・フォリアソン医学博士はどういうご意見でしょうか？　**魂食いのジャン**　ポリムニース船長は一体たどり着けるのかねえ？　**パンテュールジュ**　あら、もうやった来ましたか、ラマゾー検事？　**ダレカ先生**　ジャン！　ロベールト！　ブッダ！　サイッド！　ユムニャットたちの場合、登場の方を退場より先にしなくちゃね。ユミニストたちがやってきた……じゃなくて、ユマニアットたちだった！　貪《むさぼ》りの方々の歌が始まる。飲みたくて飲みたくて息まで飲みたい本格的な人々を入れてくれたまえ。主よ、お許しください。彼らは何ものであるのか、わからずにいるのです！　おお、おのれに代わりついに生きられたらいいのに！　身体を持っている生きものが我々の身体の代わりに生きられますように！

汎神　それに加えて、植物も生きられますように、わたしどもが存ザ在することの証人なので――あちきらの煙突から茎の煙が上がって行ったと証明することもできるから。

福音伝道者　人の顔をした岩石なら、生きられますように！　死んだ物を食べさせて頂きたい――が、本まものの人々を入れなさい、もう飲みたくて飲みたくて息まで飲みたい獣でなければ！　そして自分自身の穴が、顔と一緒に、自身自分に釘付けされてしまえばよい！　土も食べよう、石をも喰わん。登場する人間のなかのなかには、女をヒト化する人たちがいて、男をオンナ化する人たちも加えて頭数を増やす。そして二人組になって子供を身ごドモッた人たちもいる。

汎神　もし彼らが「我々は木で作られていることに、もううんざりだ」というなら、私たちは

「怪我の跡を見せなさい」という返事をするな。もし彼らが「我々は肉体で作られているることに、もううんざりだ」というなら、私たちは「ぜんまいを見せなさい」という返事をするだろうね。

福音伝道者　いやだ！　いやだ、本当に！　ゼンマイ仕掛《じか》けの肉体で作られているなんて、なおさらうんざりだ！

窓越しの女　この口はあたしどもと神様との結合の傷跡ですが、わたくしの口でもあるわ。

福音伝道者　今度登場するのはテユールブと垂直の女とヴィアンデュルフの女房と神殿《しんでん》のジャンとカンガエルナという名の労働者とその母親のモーター女史、そしてケツエキ叔父さんだ。

汎神　ここにいてくれる方々、私は、生まれたばかり！　ちょっと外に出て助けを求めてきます。

福音伝道者　今度登場するのはテオデュクルと周囲ぶかい人々と縁飾《ふちかざ》りの女房と複数のジャンジャン、そしてにんにんげん様だ。誰だっけ、登場するのは？　あの叫び声、何？　まるで肉のままでわめく男の合唱団みたいんだ。

殺戮の男たち　（登場しながら）おれたちは殺戮の男だ。肉体で作られているから苦しいのだ。木で作られたかったのに。作り手はそうすべきじゃなかったわけだ。おれたちは、無理やり川の魚のなかのなかにつめ込まれてそこで生きるよう申し渡された者らしいが、魚はカミにもシモにも流る川のなかのなかにいるみたい。だからここに入れてくれ……いや、逆だ、そうだそう、出してくれ、ここから遠くへ、おれたちから遠くへ、型作りの子宮を全部追い出してくれ！

殺戮の男たちの一人　肉体の女たちが垂れ下がった子宮で登場しようとするなら、男は皆殺しにしてそのなかのなかを観察する。おれたちを肉として生んでしまった女は全員殺してやったが、おれたちを木として生んでくれた木の女たちは敬愛するぞ。

殺戮の男2　万国の母よ、団結せよ、おれたちを作らないように！

殺戮の男1　人間は醜いね、やっぱり、あんたの顔を見ると。

身体が演じる登場人物の身体　何をしてるの、こいつら？

非論理学者　情動のシャツを脱いで、行動のズボンを履くところだ。

身体が演じる登場人物の身体　何をしているって？

非論理学者　リズムに合わせて自殺したいと。

殺戮の男たち　いいえ、べつに。お互いに事故し合って喜びましょう。

（沈黙のダンス）

身体が演じる登場人物の身体　お前たちの歌う番になったじゃねーか？

殺戮の男たち　いいえ、べつに。

身体が演じる登場人物の身体　不快旋律《コントラリオ》を歌ってもらうためにお金を出したぜ！

殺戮の男たち　「何をすればいいか？　世の中のなかに？
たとえば、たとえば

三台の揺りかごに頭を突き刺すか！
八軒の墓標に脚を建てなおすか！」
身体が演じる登場人物の身体と非論理学者　やめてくれ、やめろ！　むしろ、何となくとてつもない歌を歌ってくれ、心を喜ばす歌を！
殺戮の男1　『これからやってくるときのメロディー』、そのいけにえによって肉まれた歌なんです。
殺戮の男2　『間に合ううちに去ってゆきたい』、歌を歌う方の歌なんですが、自己礼賛を受けました。
殺戮の男1　『他者への歌』、自由落下に変わったらしいですが。
（タランテラ〔南イタリアの舞踊〕、リトルネロ〔西洋音楽の楽曲形式の一つ〕、じっと動かず）
殺戮の男たち　では、とりかかります、時間をカ・ルー・ク・オー・ダンさせていただきましょう。
「時間を横断しよう、横断しよう！
時間を横断しよう、横断しよう！」
旋回のジャン　ぐるぐる回りましょう、お互いにみんな！
時間回転者　くるくる回ってお互いのたがいにくるくるんじゃない!?
モリブデンの女　この人を水面に浮かしておこう。

1という男　さて、タイミングよく立ち去ろうぜ！

窓越しの女　広がるばかりに飽きてしまった空間は、ある日、自己に戻ってじっくり考え込みました。時間は心配し始めてこういう言葉を投げつけました。「我らは裏表のままにハリツケされているのか？」。空間は頭にきてこう言いつけました。「そうだ・ちがう・そうだ！」と。言葉も現れてきてこう言いつけました。「時間にはもういる場所がないし、空間も古すぎてもう駄目だい」と。しかし沈黙が突然やってきたので、みんなは黙ってしまいました。時間は二重になりました。「どいつもこいつも考え方が一貫してねえな！」と、八人の相手はわめいたのです。

福音伝道者　ある日、一人の1はもう一人の2に出会ってこう尋ねた。「私たち三人のなかで、自分だけで足りているのは僕だけなのかい？」と。

殺戮の男たち　「時間を横断しよう！」

ティモデュール　考えてごらんなさい。もし時間が経過せず、おれたち全員はここにいなけりゃならなんとしたらどうなる？　ああ、カラフ、コットン製品などなど。

間違いのないジャン　クロノグラフを重視せにゃあ！

殺戮の男たち　「時間を横断しよう！」

への字型の子　時間をはりつけにしようよ！

人間症の人間　時間は、きーきー単調でうんざりするやつなんだ！

泥の男　考えてもごらんなさい、時間が金輪際流れないなんて！　おやおや、立ち往生じゃないか！

殺戮の男たち　時間を横断しよう！　現在から逃れよう、現在をまたいで、また出よう！　時間ばかりを測り、時間の数を数えよう、そしていくつかの断片に分けよう！

殺戮の男の１人

「六十回続けて時間を切ってから、
また六十回を六十回続けてから、
またかい六十っきりぎりつづけて
からかりつづけて六十きるかいら！」

アントロポパンデュール　補佐《セカンド》してあげなさい！

ウイセップス工員　残りを計算しようじゃないか！

8のない女　その後、いくら掛かるかも、検討してみよう。

テオドリーユ　考えてもごらんなさい。もし時間が一定していれば、困るだろうな！

ダイヤのジャック　おい、未来くん、近づいてきちゃだめだぞ！

すべて外のダンサー　希望に十分一定のところにある、だって死者たちは定点にいるんだから。

殺戮の男たち

「時間を横断しよう！
運動は見せかけにすぎないのだ！」

受肉のジャンジャン　きみは気が狂ったのか、時の方向性が一つだけだと思うなんて。

人間外境の子　時には方向性も意味もないよ。

殺戮の男たち

「時間を横断しよう！
そのなかのなかで

ぐずぐずしちゃおれん！
自分たちの幽霊と
入れ替わってもいいぞ！
時間を横断しよう、
なかのなかにあるものを
ちょっと見てみようぜ！」

子を生んでいるところの子　時間がくれば良いのに！　おれらを苦しめているこの物質を追い払

殺戮の男たち
わんと！

「時間のはてのはてまで
なっかのなかを見てみて
なにがあるのかな
耐えて残りそうなものが？」

ここそこの動物　アワー・タイムの果てのわてまでーっ、なあ、ちびた、なんかあろうかな、み
ようじゃねえか、うええい！

人回し　時は過ぎゆくってか、じゃあ、一杯やろう！

ロンジス　おれも過ぎ去って行きたかったのに、のろいんだ。

殺戮の男たちの１人
「ざけんな！　さ、し、信じられるもんか？
おれもマタ時間のマトになったのか？

大変だ大変だ！
あちきの神さんよ、ありうるもんかい、それって？
おれの日々は一つも取り戻しできないのか？
『手遅れで横たわる』ってことでなければ、ただ……」

托身の老人　やつはお墓と婚約をしたみたい。

一〇〇倍のお爺さん　身体の時間だ、あーああーああーああーああーあーああーああーああー。

窓越しの女　いないように努めるよ、あたし。時間があたしを窓から放り出したからね。

殺戮の男たち　時間を横断しよう！　虚無に入って逃げよう！　また出て逃れよう！　時を裏返しにしよう！　前方の前に先立とう！　時間を確認しよう！　人々をそこの迷子にしよう！　時間を横断して、そのなかのなかのものをすべて外に吐きだそう！　時を繰り返して、時をほどこう！　時をがつがつ食べよう！

滅びたもの　瞬間は永久なものなり！

自己背負いの俳優　横断しなくちゃ駄目さね。

全員　（突風のように）時間をほどきましょう！　そのなかのなかに復活しましょう！　時間を押し込みましょう！　追い打ちをかけましょう！　時間を確認しましょう！　縮めさせましょう！　時間を抜けましょう！　おお、時間よ、あきらめてはならんぞお！　時間を膨張させましょう！「いずれ死ぬ物体の歌」を聞かせていただきましょう。一個あれば、二個もある！　時間をユーユーと鳴らしましょう！　時間をそそぎましょう！　時間には欠点が一つもありません。そのなかのなかに全部を溶かしてもよいのだ！　時間に番号をつけましょう！　時間は過剰に続きすぎている！　1、2、3！　1、2、3！
テオックトーヌ　時間よ、どいてくれ！
殺戮の男たち　時間を横断して、時間をさかさまにして、時間のなかのなかにしりぞいて、時間通りにふるまって、時間のそとから飛び出して、跳躍しながら進んでゆきましょう。時間どうしを結び合わせるのです、すべての瞬間において！
空間のルールー　一気に飛び越そうよ！
殺戮の男たち　現在から逃れよう、といってもな、死んじゃうことならちょっいお待ちあれ！　時間のなかのなかで持続しましょう！　現在のままにやり直そう！　しょっちゅー繰り返してこう歌おうじゃないの？
「死んじゃいかんな、生きとったのに！
何を生きてたか思い出せんが！
脚がなきゃ、おれらはどうなるんだ？」
小石の看守　時は万物を解体するのだ。その活用に結び合わせよう！
パンテュールジュ　死よ、お前の勝利はどこにあるのか？
殺戮の男たち　過去はかっこわるいから、それを忘れましょう！　未来はみたいから、そこへ逃げてゆきましょう！　現在でもいただいておきましょうや！
ゴマ歌手のトラック　未来はなかなか過去にならないからな！
対主体と非論理学者
「瞬間の釘に現在を固定しよう！

過去を忘れておこう、イカサマされたからな！
今日のままでいよう、ここなんだから！」

（釘を打つ仕種をする）

滅びたもの　時間を話題にして何になるの？　決してここにはいないのに？
間違いのないジャン　考えてごらんなさい。もし時間が進まなかったら、将来はずっとこうだろう！
螺旋子　時よ、お前が何であれ、もし進んでくれなければ、僕もここに停滞する！
肉外のダンサー　意気地なし！　助けてくれ、「おれは崩れて残骸になっちゃう！」
円形主義者の一人　次末時代に栄光あれ！　前次末時代に警戒しよう！
奥の奥方　ある日、母親は「動くな！　ジャン」という名を私につけました。
アナントロパンデュールフたちの男　僕は生まれてすぐにお母さんから「色変わりのリュリュ」と呼ばれました。
殺戮の男たち　時間を横断しよう！　生き物に化けて堕落しましょう。
終わりから二番目の人　過去よ、やってこい！　未来よ、立ち戻れ！
夢下視無可死の男　過ぎ去ることを忘れないでね！
粘土の像　過ぎ去るなんて不要よ！
殺戮の男たち　「い・あん・お・おー・あん・い・おー！」

非‐人間　駄目だよ、そんな！　自分の足があちらへ運ばれないように頑張らなくちゃ！

非論理学者　何で時間は、結局のところ、自分自身の跡を継ぐことをしないのかねえ？

殺戮の男たち　時間を捕獲しよう！　その現在の果実を摘もう！　時間をそそぎましょう！　時間を流しましょう、ちっとは！　時間を逆立ててやろう！　時間をやめておこう、一瞬でも時が逝くのに先立てれば！　時のなかのなかに舞い込んでいって、そのなかのなかに自分たちを絨毯敷きおいて、時間をもう少しいただきましょう、ごゆっくりどうぞ、たっぷりありますし！　時間を永遠に祝って、すべての時制で活用させよう、健在形でも！　単純未練でも！　半現在でも！　全然過去でも！　約束法で活用させて！　節約法でも！

窓越しの女　「ぐるぐる時間の腹鳴り《はらな》」という、その被害者による歌です。

「過去のひと吹きも、現在の悪臭も
未来のしゃっくりも、息のように生きた」

福音伝道者　僕もです、子供の頃、時代が突然暗くならりれるのが、ずっと怖かったです。不意に堂々と夜色の喪服を身にまとって希望が腐らりれることを告げるように。でも、その話はやめておきます。

殺戮の男たち　時間を嫁にもらおう！　時間を考え直そう！　時間の実感を定めよう！

「未来にも来意がないし、過去にも遁走がないし、
現在にも財源がすくない、
えー・ゆー・おー・いー！

動きは見せかけにすぎないのか。
未来も過去も現在も
一続きになっているぞ！
えー・おー・ゆー・い・唯一」
影の声　時が横断できるのに委せれば！
血を流し尽くした男　砂漠に裁かれていないうちに逃げるんだぞ！
像のない男　もう何も期待していない、おれは。
終わりから二番目の人　現在の今からもう、時間によって縮んだのだわ……
オックトデュープル　現在の今からも、時間によって生まれたのだわ！
子のテオテュープル　動物の名誉にかけて言うのだが、僕には未来が苦しいはず。獣の名誉にかけて言ったけど！
子を生んでいるところの子　時間的機械が痛いよ！　痛いよ、時間的機械は！
身体博士　「時間について」とはまた、ありふれた問題だな！
自分の顔を祈る男　逃げましょう！　どこへ？　どこへと？　時間がない場所がどこにある？
自分の影を探しているジャンジャン　時間から逃れてその腕のなかのなかに飛び込むのだ！
殺戮の男たち　時間を犯してやろう！　時間を保存してやろう！　そのなかのなかに全部を放出してやろう！　時間を廃止してやろう！　時間をナルボリヌしてやろう！
渡し守のワ&タシモリ　自分自身を取り除きましょう！
汎神　子供たちのスピードを上げますね！

泥だるま様　子供たちをとめてくれ！

（瓜二つ《ソージー》クンの時間病歴）

瓜二つ《ソージー》クン　おれはだ、過去に騙されたし、現在に悩んでいるし、未来に怯えるだろう。時間の傾きに任せるきりないか。過去はおれのことを組み込んじゃったが、おれが喜ぶわけがねえ。だって、未来のせいで分解されるにきまってるよ。だから時間に逆らうんだ！過去は襲いかかってきたが、未来のことなんて、ちっとも見えなかった。やはり限度を越しているんだ、時間って。未来は手に及ばないような気がしてきた。何の証明にもならないだろう、時間は。時間が過ぎてゆくのだが、おれにとっては何がいいのか。過去はもうなくなったし、未来はなしにしておこう。現在は消えつつある。過去のなかのなかに埋もれてしまうが、現在にぶつかって砕け散ってしまった。瞬間を楽しめるのはいつになるか？　未来はだ、たやすすぎる。過去は待ち伏せして、反撃のチャンスを窺っている。未来は今に化けることを待つんだ。木の芽時って、ないと寂しいな。おれはね、時間に利用されているような気がする。人生をばらばらにしたまえ。過去は欠けているが、現在も健在じゃない。未来には待っちゃくれない！　思い出に追いかけられて、将来に迷惑もかけられ、時間につくづく飽いた！　過去は不細工で、未来は近くなった挙句、時刻は地獄だということだった。時間の説明は分かりづらいなあ。おれは前過去のことでもうがっかりするばかりだったが、大現在のことは何も捕まえなかった。おまけに、複合未来は復元できないよう。過去はおれを蝕んでいる、未来はおれを無視だ。時間よ、お前は虫かよ！　時間は大嫌いだから、現在から去っていこう！　時間の経過って、なんたるデマ！　時間の警戒っていえばいいんだ。時は逃げり《フギット・テンプス》、莫迦笑い《リディクルス》！

小石背負いジャン　瓜二つクン、逃げろ！

瓜二つクン　時間が嫌いなんだよ、おれ！　ああ、時間の経過って、なんて退屈な鋸歌だろう！

ガラスの木でできた男　瓜二つクンは逃亡者だ！

自己証言の男　ひひひ！　クロノデュール、ここに眠る、だ。

時間破壊のジャン　あん、誰がここに眠るって？

構造地質クンの女房　クロノデュークル！

福音伝道者　おお、時間よ、お前も出産するところだったのか？

1＆ウルルの男　時間って、追い抜けないのでしょうか。未来によって衰えて、過去によってかゆみだらけになってしまいました。現在も健康に悪そうです。過去でまいってしまって、未来に追い越されましたが、私の現在はここに眠るです。口には時間のみ出てきました……存在しているすべてが大好きなのですよ……グローリア！

地球の理解人　未来だとお、仕返しするぞ、必ず！

人間という光の男　何で時間には三拍子のテンポしかないのかね？

泥まみれの理解人　僕は人間という光を浴びています。時間から離れて、瞬間を経由します。

（自殺する）

殺戮の男たち　時間をぬぐいましょう！　そのなかのなかに横になりましょう！　ずっとずっと

いましょう！　一緒に流れ流れてゆきましょう！

これを噛んだ男　あれを止めよう！

トラレスのアンテミオス*　帽子に墓石をかぶせておきましょう。そして大脳の旋回にそってくるくる躍りましょう。

殺戮の男たち　「なかのなかにいちゃーいかんぜえ！

なかのなかに流れ込んで入らんや！

ながながいてもよいからのお！」

内臓の思想家　時間はうまくいかなさそうだな、お前たちにとって。

殺戮の男たち　「時間を横断しよう！

なかのなかに踏み入れちゃーいかんぜえ！

だども今は、だ、今になってきたぞお、

ずっといればよかろじゃねえか！」

地球外の人々　時間を横断して、で、それから？

全員　（祈りながら）我々のために作ってある時、作られた時を憎まなくてはいけません、憎悪しなくてはなりません、我らを生んだその時の物質をも嫌悪しなければなりません。そうすると、後の時代に、どんな瞬間にも場所を与えず――どんな場所にも広がる暇を残さず――時自体が磔にされるように乞い願いおるわけです。

汎神　私はみみきたいます。私はしたかりました。私たちはのぞぼりけりましょう。私たちはみれらるようにさばのりていました……。私がゆかとばっても、きみがのそまねしても、あまりよくなできこまなかったようです。そうでしょう、なできこむことは全然ばらばしなかったのではないですか。とはいってもね、あの人がだろがリのりたかったので、私たちは何もべりとたぬちませんでした……私たちは彼がにもるたったか、とめみもなりぞるたことをびぶらした時に、少しもあの人のがらめったことに、何かの、何と言えばいい、確かにそれをでふみのばることがとれぶっきませんでしたが、しかし、自分自身の影から産まれびじゅったすべてから逃れてもろでりたいと思いましたのよ。**

殺戮の男たち　時間を横断しようぜ！　時間を横断しようぜ！

人間操作者の一人　苦粥の時間だよ！

裸という男　おお、時間よ、お前がどこにいるか知らないが、逃げた方がためだぞ！

神食いのテオファジュ　ブ、リ、ン、デ、ャ、モ、乾杯！　といっても、その場でも同様な次第だ！

エンマ・グランマティカ　今こそ、よ。

壁側の子　おいしくてたまらないな、時間って！

スートル　おお、時間よ、やつらを捕まえろ！（とりわけおれをつるし首にしてくれないとね！）

殺戮の男たち　「時間を横断しよう！

なかのなかに踏み込んで入っちゃーいかんぞ！

＊東ローマ帝国の数学者（四七四年―五三四年）。アヤ・ソフィア大聖堂の建築家として知られている。

＊＊この台詞は、音、単語、時制の形などは原語に近いが、存在しない単語でできたデタラメ語になっている。意味は特定できないが、完全な無意味にも聞こえない。

かしこまって、現在に嚙みついて
時間を横断しよう！
なかのなかに退いちゃーいかんぞ！」
ストロフィーの子　後退白！　おい、クロニク君！
殺戮の男たち　時間を横断しよう！　時間を横断しよう！
沈黙格闘士　駄目だよ、それは！　時間はおれらを逃れてはいけないよ！
心ならずも生きてしまった男　これに我慢しなくちゃー！　我慢しなくちゃー！
天神食らいの女　その申し出を辞退すべきなの！
そそくさの子　変化をつけないとね。
ゴマ歌手のニヒロ　時間は我々にしつこいとも！
ヴォラギネ　リフレインを吐きなさい！
連続格闘士　時間は我々を責めさいなむとも！
風を飛ぶおんな1&2　では、それに終止符を打つわ！
期待を教えたい先生　おお、時間よ！　お前が誰だか知らないが、逃げた方がためだぞ。
ゴマ歌手のトラック　くず入れ！　くず入れ！
石鹼住民　ころころ転がる人は飯喰えず。
瓜二つクン　おお、過去のその屑は、我らが後ろに影のようにそれを残そうとしますが、気違い沙汰ではないですか？
もう二度と飲み込むことがない男　死かかねに止めを刺しておこう！

パンタルジアの男　結局のところは、時間はあるが、そのなかのなかにはもう誰もいないのさ。
殺戮の男１（躍る機械）
「時間を横断しよう、機関者よ！
なかのなかで死んじゃっちゃー、いかん！
恐怖からから逃れよう！」
手に負えない子
「ちりぢりに解散しろ、残りものの機械よ
巧みに接線にそって去ってしまえば
今の動きはイマイチなんだからな！
退け、消えものの機械よ！
行け、行ってしまえ、傾向に従え！
消え失せろ、時なるものの機械よ、
クソ・ダメってもう言うなよ！」
殺戮の男１　クソ！　ダメだ！
手に負えない子
「時という時計よ、もう止まっていいんだ！
ここから消え去って、もうおしまいだなと言え！」
殺戮の男１
もうおしまいだな！
強情たる子
「犯してしまえ、メートル式的機よ、
帰ってもいいよ、ここにいてもしょうがない
やめてよ、砂時計の馬鹿野郎！

やめとけー、水時計！　八本脚のヒュドラよ！」
殺戮の男1　うむうむ、うむうむ。
近所外の渡し守　犯しながら死を迎えん！
殺戮の男1　うむうむ。
御別れ期の人　2割る2イコール10！
話された女　時間稼ぎをすればいいわ！
殺戮の男1　うんんむ。
対主体　おお、時よ、お前のためにテオルボ〔バロック期のリュートの一種〕をいてやりたい！
福音伝道者　何なの、それは？
全員　時って、天の恵みだよ！
非放心の子　自分の喜びを歌ってやろう！
唯一形の人間　時間がどいてくれるとよいが！
殺戮の男1　クレノン*！
落下者の一人　拒絶する！　膨張する！　延期する！　ぐずぐずする！　延長する！　遅延する！　そうすべきなんだよ！
身体むさぼり食いのジャン　それを分割し、それにウソをつき、それを調整して、おれらの生命をささげましょう！
精久の声《ヴォックス・スペルムタビリス》　これから私はもう「未来」と言わず、「みら」と言います。もう「過去」と言わず、「過去臭い」と言います。「人間」と言わず、「脱みら」と言います。「自身《モワ》」と言わず、「死人《モール》」と言います。「死」と言わず、「自己の牢獄から脱走」。「空間」とも言わず、「脱空間」と言います。

福音伝送者　ヒトビテックの次にヒトビタルが出現しました。ヒトビタルの次にヒトビッチリが、ヒトビッシリの次にヒトノミグイが、ヒトノミグイの次にオトコノミノミグイが、オトコノミノミグイの次にヒトナミウタバカリグイが、ヒトナミナラズバカリウタイの次に自分のウェイター、どう思う？

唯一殺害の母　さぁ、ウェィター、どう思っているのよ？

窓越しの女　『鉄敷きとカヌーとわんぱく坊や』

「昔々、わんぱく坊やは
カヌーをこぎながら
川を下りながら
鉄床《かなどこ》を持っていった、
しゃあないだろう。
だが水に流れちゃったよ！
船にも心にも、余計な負担を背負わせてはだめなの
そういう教訓を伝える寓話は

＊間投詞で、もとの意味は「(神の)聖なる名(にかけて)」だが、今はただ「クソ」などと同じような状況で使われている。失語症にかかった晩年のボードレールはこればかり繰り返して言うようになってしまったとされている。

ペトラルカにぺとられちゃったのだ」

丸型のジャン　さぁ、ウェィター、どう思っているのか？

穴倉のジャン（殺戮の男２）　$(a+b)(a-b)=a^2-b^2$

度合いの動物　さぁ、ウェィター、どう思っているのかい？

穴倉のジャン　$(a+b)^3=a^3+3a^2b+3ab^2+b^3$

身体が演じる登場人物の身体　どう思っているんだい？

穴倉のジャン　$(a+b)^4=a^4+4a^3b+6a^2b^2+4ab^3+b^4$

汎神　さぁ、ウェィター、どう思っているのさ？

穴倉のジャン　$(a+b)^5=a^5+5a^4b+10a^3b^2+10a^2b^3+5ab^4+b^5$

汎神　さぁ、ウェィター、どう思っているのよ？

穴倉のジャン　XとYという確率変数のベクトルがあり、その値がZ＝（X、Y）というベクトルが、ある程度の確率比重を受理するようなものであると仮定しよう。それに、Rのlプラスm乗の関数のgもあり、Rにおけるlとmがそれぞれに X と Y の次元で、その関数を測定すれば、（X、Y）のgが積分可能な2乗になることも仮定しよう。その結果、Yのhという確率変数が、Yを含む（X、Y）のgの期待値に等しく、Yにおけるhの絶対値の2乗の期待値が無限より絶対に低いことにすれば、（X、Y）におけるYのVマイナスgの絶対値の2乗の期待によって規定された2次の偏差を最小にし、YのVという形式をもっている確率変数群が、Rにおけるm乗のRを受理する測定可能な関数で、2乗のyのVの絶対値の期待値が無限より絶対に低いことである限り。

汎神　ということは、つまり？
穴倉のジャン　$(a+b)^6= a^6+6a^5b+15a^4b^2+20a^3b^3+15a^2b^4+6ab^5+b^6$
$(a+b)^8= a^8+8a^8b+8a^8b^8+8ab^8+a8b^8+b^8=(a+b)^8= a^8+8a^8a +8a^8a8+88a8a^8+88\quad 8a^8+a^8$
以上が時間の代数式ですよ。
汎神　あら！　それ、あなたの最後の言葉のなかのなかに含まれていると思ったのに！
穴倉のジャン　最後の言葉って、どれでしょうか？　今の言葉でしょうか。
汎神　それじゃなくて、その次のことば、それ、それ。
穴倉のジャン　同じ言葉だったのかな？
汎神　その後、何が出てくるか、お分かりではないのね。
穴倉のジャン　まあ、そうですね。そおおおう。そ・お・う。そのとおりです、つまり
スカプラリオの子　神様よ、お願いですから、万物がありますように！
単身単調の喋りもの　時間よ、我々を横断しろ！
なーんにもなきジャン　見たぞ、おれは、エンジーヌ付き時間の穴を。あれは怖かったぜ。
人身の土工　「ああ、なんと峻厳な宿命でしょうか！」
泥の男　時間には言い返しようがないけどな。
アレコレ外のおとこ　おお、時間よ、我々を割れよ！
人間の顔をしている人　……一人か……時間の結末……ありうるかな？
痕跡もなきジャン
「歩みをとめよ、ゆりかごから

　はかわたまで！」

隣人誕生者の女房　首でもかけておこうか、そこに？

パントロップ　おお、時間よ、もう、鼓動をとめてもよい、我々のなかのなかに！

声々の子　（色の一滴を注ぎながら）時間を流しましょう、紅の。

隣人殺人者の女房　時間を倒せ、その障碍とともに！

完成になった子　やるのを終えよう！

への字型の子　おお、時よ、完成なさいませ！

円形主義の子　おお、時よ、我々に耐えなされませ！

人類破壊者　助けてくれ！　助けて！

デレアートゥルの子　おお、時よ、我々を放しなさい！

人類破壊者　助けてくれ！　助けて！

操作者の8&小石　空間に時間を書くべきだ！　凸凹丸大何之大変《でこぼこまるでかなにこれたいへん》見事《みごと》なものの、その流れも証明すべきだ！

世間理解者　時を動きによって指定しましょう！

身体に対して8たる子　人差し指でも指差しましょう！

アドラメレック　ここへ行って、あそこを通ろう——図形も描かないとな。

禁じられた子　おお、時よ、我が損失になれ！

近所外の渡し守　「時間を横断しよう、瞬間に呑み込ませよう！」

文法の子　違う、違う。時間がぼくらを横断しているのだよ。
唯一形の子　おお、時よ、放して《い、い、い、》くれ、ってば！
時間奴隷のジャン　おお、時よ、我々を継承しなさい。
スカプラリオのデデくん　いやな時だな！
子を生んでいるところの子　……へーと、しゃべらせていただけるとは思わなかった。
岩石回転者　永続化されちゃうまで走ろうぜ！
時間紛争のジャン　時、おお我が十字架よ。どこから出るでもない、そちらのなかのなかでなければ！　おお、時よ、我が唯一の絶望！
横断する子　その時評欄を執筆しましょう。
時間破壊者のジャン　そいつを殺してやろう！
時間嫌いの子　そこで死にましょう。
人類破壊者　おお、時よ、ちょっと待ちなさい！
非公開の子　死に屈してもらおう！
地球外の人々　もっとやろう！
自分の影を探すジャンジャン　おお、時よ、我々にとどめを刺しなさい！

（横断幕が広げられると、そこにはこう書いてある）

時は我々を愛により殺す

解　題

ヴァレール・ノヴァリナ（一九四七年〜）は大学で哲学や文献学を勉強した後、演劇研究の道に進んだ。彼の演劇作品は、処女作からすでに演出家の注意を引いた。最初に上演された戯曲*L'Atelier Volant*（『トンデモ工場』）はジャン＝ピエール・サラザックによる演出であり、この体験はノヴァリナにとってあまり満足のゆくものではなかったが、初めて演出と俳優との関係を熟考する機会にはなった（一九七九年には『俳優たちへの手紙』が出版される）。一方、この芝居を観たマルセル・マレシャルはシェイクスピアの史劇の翻案を依頼し、一九七六年の*Falstafe*（『ファルスタフ』）作成へと導いたが、サラザックと協力しあいながら働くことが失敗に終わってしまったことは、ノヴァリナをかなり長いこと実際の演劇実践から遠ざからせてしまったといえよう。

その後数年にわたってノヴァリナは、夢の中でしか演じられないような演劇を書くことに没頭し、「劇」という形式を守りながらも、空間、時間、人物などの物理的な条件に制限されていない作品を生みだした。こうした「劇小説」（*Le Babil des classes dangereuses*『危険階級のオシャベリ』一九七八年、*La Lutte des morts*『死者闘争』一九七九年）は何百ページにも及ぶこともあり、一九八四年には登場人物が二、五八七人ということで話題になった『生命の芝居《ドラマ》』が発表された。一九八五年には俳優のアンドレ・マルコンが『危険階級のオシャベリ』から一章を抜き出し、『アドラメレックの独白』という一人芝居をアヴィニョン演劇祭、そしてフェスティヴァル・ドートンヌ・ア・パリ（パリ秋の芸術祭）で公開した。この芝居の成功にノヴァリナは励まされ、実際の舞台に対する欲望を取り戻したと思われる。

それ以後は数多くの作品が次々と作りだされ、『動物たちへの演説』（*Discours aux animaux*、一九八七年）、『人間の肉体』（*La Chair de l'homme*、一九九五年）や『狂乱の空間』（*L'Espace furieux*、一九九七年にコメディ・フランセーズのレパートリー作品となる）などのような戯曲もあれば、『ルイ・ドゥ＝フュネスに捧げて』（*Pour Louis de Funès*、1986年）や『言葉の前にて』（*Devant la parole*、一九九九年）といった「理論書」もある。クリティアン・リストやクロード・ビュッシュヴァルドのような演出家は、リズミカルであると同時にとてつもなさを孕んだこのような前代未聞の戯曲・詩篇を舞台にのせる方法を考案した。次第にこの様式で演じるように鍛えられた俳優も増え、アンドレ・マルコンや、ダニエル・ズニック（『紅の起源』の初演後に亡くなったが、現在の同戯曲のなかに敬意を示す文が含まれている）はその代表格である。一般読者には難解と思われるであろうノヴァリナの戯曲ではあるが、舞台で演じられると明白な力を顕す。それゆえ芝居は益々観客にも批評家にも評価され、次第に劇作家自身が演出を引き受けるようになっていった。

一九九八年以降、ノヴァリナの演劇はさらに人気を博し、「オペレッタ」シリーズの誕生となる。『架空のオペレッタ』（*L'Opérette imaginaire*）で始まり、二〇一〇年の『真の血』（*Le vrai sang*）にいたるこの四部作には『未知の幕』（*L'Acte inconnu*、二〇〇七年）の他に、二〇〇〇年のアヴィニョン演劇祭において著者の演出で初演された『紅の起源』も含まれている。

ノヴァリナの演劇は古くからの伝統を復活させている。もともと政治劇であった『トンデモ工場』ではブーコ（「口」さん）という名の工場主とその妻が、どれほど悪だくみを重ねて従業員を搾取しているかが語られている。二十世紀初頭ドイツやロシアの「アジプロ」、または三〇年代フランスの「十月グループ」の催しをやや思わせるこのデビュー作はサーカスのメタファーによって構成されており、道化師やパーフォーマーの特別な言葉と身体の使い方を参考にしている。大衆の側に立つということは「俗」の言葉を、文法や礼節に縛られていない言葉づかいを選ぶという意味でもあるのだ。身体（とそれを襲うかもしれない危険）に重要な位置を与えることによって、サーカスは、西洋において最も大衆的で、ノヴァリナ演劇においても次第に重要となる芝居形式、つまり笑劇《ファルス》にとても近くなっている。笑劇というのは、しばしば露骨な滑稽さをあらわす短い芝居であり、市場において職人やその時に町に来ていた百姓を観客にして上演されたものだったが、ほとんどの場合そのおかしさは言葉自体に基づいている。中世において、まだ標準化されていない言語の様々な方言、酩酊や狂気のうわ言、訳のわからないダジャレ、（ならず者の）隠語や（医者、法曹などの）ペダンチックな言葉づかいは最も重要な役割を果たす。十五世紀の『パトゥラン先生の笑劇』のような（ラブレーが好んで引用し模倣している）文学度の高い作品でさえも、分節言語とオノマトペの対立によって主に笑いを引きおこしている。

ところで、コミカルの不可欠な手段である言語破壊は一九六八年代の政治計画の一部でもあり、当時の（ノヴァリナ自身が近かった）「前衛」はさらにアルトーやジャリのような作家の名前を担ぎ出していた。要するに、フランス演劇の特殊な伝統は、長年パリで活躍していたコンメデイア・デッラルテのイタリア劇団がフランス語で演じることを許さず、外国語か「グロンムロ」(grommelot)という喜劇のデタラメ語でしか舞台で喋れなかったという歴史的事実によってさらに強固となり、本質的に政治色の濃い芝居を生みだし、そこからはるか遠くへと導いていったのである。

というのも、市場が笑劇にとって特別な空間であったとすれば、その特別な時間にあたるのは謝肉祭《カーニバル》である。この祝祭は、おそらくローマ時代のサトゥルヌス祭りのように、古代の異教儀式をキリスト教化したものであり、四旬節《カレーム》、つまりキリストの死(聖金曜日、復活祭の前々日)をあらかじめ哀悼する四十日間の期間の真ん中に行う。四十日間にもわたって苦行、断食(一片の肉も一滴のワインも含まない「小斉《メーグル》」の食事)、性的交渉の禁止はやはり長い! ゆえに期間の半分に到達したときに数日の間、喪は中断され、謝肉祭、フランス語で「カルナヴァル」、つまり「肉戻り」ということになる。この数日に限定して、美味しい料理も葡萄酒も、セックスでさえも市民権を取り戻しているが、とりわけ社会のすべての価値が転倒されてしまうのである。理性は消滅し狂気に置き換えられたり、国王の権限は愚か王のパロディーにされたり、戦争における貴族的な徳はソーセージやハムが武器として使われるおどけた戦いになってしまったりする。何の遠慮もないこの世界は同時にもっとも創意に富み、もっとも洗練された霊性をもつ文学をも誕生させた。ラブレーの傑作は謝肉祭の時期にリヨンで初版され、エラスムスの『狂気礼賛』も同じ思潮に属していた。イエス自身が言ったではないか。「先の者はあとになり、あとの者は先になるであろう」と(マルコ10・31)。そしてパオロはまたこう書いた。「神の愚かさは人よりも賢く、神の弱さは人よりも強いからである」(『コリント人への第一の手紙』1・25)。キリスト教はパラドックスを好む宗教でもある。それぞれの教会が歴史的制度として維持し続けた順応的な態度にばかり注目して、『福音書』にも明白に現れている神秘的アナーキスムの存在を忘れてはいけない。

さらに、もう一つの側面においてキリスト教、特にカトリック教は、演劇に近接している。こちらもノヴァリナ演劇を理解するための主要な次元である。大雑把にいえば、キリスト教信仰者にはキリストを模範にする義務がある。信者は理想的には、トマス・ア・ケンピス（一三八〇年～一四七一年）の論の題名を借りれば、「キリストに倣いて」自分の人生を生きることになる。ところで模範を倣うことは、教会のなかでも舞台の上でも、ラテン語では incarnatio（受肉・具現）という語で表される。in-carnare というのは「肉のなかに入る」ことで、まさにカーニヴァルと同じ肉（carnem）である。つまりイエスという人間の身体によって生まれたキリスト教の神と、芝居で登場人物の役を演じる俳優が同じことを行っているということなのだ。言うまでもなく、神による受肉は死に関わることである。というのは、神・人間は十字架にかかって死ぬことになるが、そこからよみがえる。この復活が、中世の文学で言われるように、「死を死なせて」人間を死から解放しているのだ。こうした基本的出来事は、カトリック教によって奇跡として繰り返される。他のキリスト教の教会は象徴的な儀式だけを行うが、カトリックのミサにおいては、集まった人々の前で少量のパンとワインが実際にイエスの血と肉に変身したことが信条となっている。ミサが行われるたびに神秘が繰り返されるというわけだが、様々な違いはあるにせよ、劇場で毎晩ハムレットがよみがえってからまた死ぬ、あるいはドン・ジュアンが次々とルイ・ジューヴェ、フィリップ・コベール、ジャン＝クロード・デュラン、アンジェイ・セヴェリンの身体に宿ってくると同じことではないか。または、文字で書かれた文章（プラトンなどにとってはいわゆる「死んだ言語」）が毎日、初めてだったかのように、俳優に発声されることによって「生きた言葉」になるということも同じではないか。

笑劇、謝肉祭、受肉・演技とそれに関わる特徴（チンプンカンプンな発言、嘲弄、死の切迫）はノヴァリナの演劇美学における主な要素で、個人としての宗教的立場がいかなるものであれ、キリスト教の神話が頻繁に使用されている理由にもなっている。歴史に深く基づいてはいるが、完全に同時代からは逸脱していて、妥協することなく徹底的にわが道をゆくノヴァリナの作品を訳すのは、当然、困難なことだった。おそらく日本語を母語として話す翻訳者の方が私よりこの言葉遊びに相当する適切な表現を作ることは簡単にできたであろう。この翻訳は道を開拓していくための試みにすぎない。これから他の方々が私の仕事を完成させ、日本の読者、演劇実践者にヴァレール・ノヴァリナの戯曲や理論書を出来るだけ多く提供して欲しいと思う。

この場を借りて、この仕事にあたって私を助けてくださった方々に感謝の気持ちを伝えたい。この翻訳が比較的に駄訳にならずにすんだのは、この方々のおかげにほかならない。まず、学習院大学人文科学研究所の二〇〇九年度の私の講義に出席した大学院生全員、とりわけ澁谷与文、進藤久乃、前山悠、宮脇永吏はこの仕事の最初のステップに決定的な役割を果たしてくれた。次に、私の質問に答えたり、原稿を読んで貴重な指摘を加えたりしてくれた井戸亮、編集委員である高橋信良さんにも、八木雅子にも、ずっと支えてくれた大野麻奈子にも心をこめてお礼を申し上げる。そして最後に、この企画を発進させ、常に厚情や知恵を貸して、私の原稿を注意深く何回も（何回も！）チェックしてくれた佐伯隆幸に特別な感謝の意を表明したいと思う。

ティエリ・マレ

ヴァレール・ノヴァリナ Valère Novarina

1942年スイス、ジュネーヴ州生まれ、フランス語圏で育ち、ソルボンヌで哲学、文献学、演劇史を学ぶ。74年ジャン＝ピエール・サラザック演出の『トンデモ工場（逐語訳「飛ぶ工場」、モリエール『飛び医者』のもじり）』で演劇デビュー、以後、厖大な作品を書いている。どれもが、ダダ・シュルレアリスム、あるいは、ラブレーの系譜を継ぐ言葉の実験をかれ特有の文献学的教養を縦横に用い遂行した芝居で、地口、造語、語源曲用などが頻繁に試みられ、その言語的「遊戯」を通じて終末論や死や生を壮大なスケールで綴り、上演も翻訳も困難と夙にいわれてきた。代表作は『紅の起源』以外、『死者闘争』（79年）、『命の芝居《ドラマ》』（84年）、『言葉の劇』（89年）等多数。作者自身、そのテクストを戯曲というより「演劇に向かう」エクリチュールと呼ぶ。劇作の他、小説を書き、絵やデッサンも手掛け、と同時に、なによりもまず自作の演出家でもある。

ティエリ・マレ Thierry Maré

1957年、フランスのアミアン市に生まれる。パリ・ユルム街高等師範学校で学業を修めた。近代文学専攻。1986年、学習院大学文学部フランス文学科に赴任し、爾来、ジャンル、時代、散文・韻文を問わず、複領域のフランス語の芸術を講ずる。現職は同大学フランス語圏文化学科、ならびに大学院身体表象文化学専攻教授。著作『聖なる時間』（小説、91年）、『地獄での出会い』（同、91年）、『愛、遥かなる』（同。いずれもフランス語、ガリマール社刊）。日本語からフランス語への訳書に、大岡昇平の『武蔵野夫人』（ピキエ社刊）などがある。

編集：日仏演劇協会

編集委員：佐伯隆幸

齋藤公一　佐藤康　高橋信良　根岸徹郎　八木雅子

企画：アンスティチュ・フランセ日本

（旧東京日仏学院）

〒162-8415

東京都新宿区市ケ谷船河原町15

TEL03-5206-2500　http://www.institutfrancais.jp/tokyo/

INSTITUT FRANÇAIS
アンスティチュ・フランセ日本
JAPON

コレクション　現代フランス語圏演劇 06
紅の起源 *L'Origine rouge*

発行日——2013年5月20日　初版発行

＊

著　者——ヴァレール・ノヴァリナ　Valère Novarina
訳　者——ティエリ・マレ　Thierry Maré
編　者——日仏演劇協会
企　画——アンスティチュ・フランセ日本（旧東京日仏学院）
装丁者——狭山トオル
発行者——鈴木　誠
発行所——㈱れんが書房新社
〒160-0008　東京都新宿区三栄町10　日鉄四谷コーポ106
TEL03-3358-7531　FAX03-3358-7532　振替00170-4-130349
印刷・製本——三秀舎

 ISBN978-4-8462-0401-3 C0374

コレクション 現代フランス語圏演劇

1 A・セゼール クリストフ王の悲劇 訳＝尾崎文太・片桐裕・根岸徹郎

❷ M・ヴィナヴェール いつもの食事 訳＝佐藤康 2001年9月11日 訳＝高橋勇夫・根岸徹郎 本体一二〇〇円

❸ H・シクスー 偽りの都市、あるいは復讐の女神たちの甦り 訳＝高橋信良・佐伯隆幸 本体一四〇〇円

❹ Ph・ミンヤナ 亡者の家 訳＝齋藤公一 N・ルノード プロムナード 訳＝佐藤康 本体一〇〇〇円

❺ M・アザマ 十字軍／夜の動物園 訳＝佐藤康 本体一二〇〇円

❻ V・ノヴァリナ 紅の起源 訳＝ティエリ・マレ 本体一二〇〇円

❼ E・コルマン 天使達の叛逆／ギブアンドテイク 訳＝北垣潔 本体一〇〇〇円

❽ J＝L・ラガルス まさに世界の終わり／忘却の前の最後の後悔 訳＝齋藤公一・八木雅子 本体一二〇〇円

黒丸巻数は発売中

＊作品の邦訳タイトルは変更になる場合があります。

演劇関連図書